임진록
조선의 영웅들 천하에 당할 자 없으니

15

임진록

조선의 영웅들 천하에 당할 자 없으니

전국국어교사모임 기획 · 장경남 글 · 이경국 김성삼 그림

Humanist

'국어시간에 고전읽기' 시리즈를 펴내며

고전을 읽어야 한다는 가르침은 어릴 때부터 귀가 따가울 만큼 들었다. 그러나 몸소 이를 따르는 사람은 흔치 않다. 종종 고전을 가까이하는 사람들이 있는데 이들은 대체로 삶을 헛되이 보내지 않고 훌륭한 일을 이루어 세상에 뚜렷한 이름을 남겼다. 고전 안에 그만큼 값진 속살이 들어 있기 때문이다.

고전이 이처럼 깊은 가치를 지녔는데 어째서 고전을 읽는 사람은 흔치 않을까? 아마도 고전이 사람을 쉽게 끌어당겨 주지 않기 때문일 것이다. 고전은 우리에게 섣불리 손짓을 하지도, 눈웃음을 치지도 않는다. 고전은 끈기를 가지고 파고들어 오는 사람에게만 마지못한 듯이 웃음을 지으며 속내를 털어놓는다. 고전은 요즘보다 훨씬 무뚝뚝하던 옛날에 이루어진 삶이며 글이기 때문이다.

그래서 우리는 청소년들이 고전을 즐겨 읽을 수 있도록 마음을 다했다. 뻣뻣하고 까칠한 고전을 달래서, 부드럽고 친절하게 청소년을 끌어당기도록 손을 쓰고 공을 들였다. 멋없이 무뚝뚝하던 고전을 정성껏 매만져서 두 팔을 활짝 벌리고 청소년들을 끌어안을 수 있도록 탈바꿈했다.

고전은 이제 온전히 겉모습을 바꾸어 청소년들을 맞이할 것이다. 자칫 속살까지 탈바꿈한 것처럼 보일지 몰라도 책을 읽다 보면 예스러운 고전의 맛과 멋을 한껏 느낄 수 있을 것이다. 우리는 무엇보다도 고전이 고전다운 속내와 뼈대를 온전하게 지니도록 하는 데 힘을 쏟았다.

고전은 시공간을 뛰어넘고, 나라와 겨레를 뛰어넘어 세상 모든 사람에게 큰 울림을 준다. 《시경》, 《탈무드》, 《오디세이아》, 셰익스피어와 괴테의 작품이 세상 모든 이에게 가르침을 주듯이, 우리의 고전도 모든 이에게 값진 가르침을 줄 것이다. 가르침이 서로 다르기는 하지만 높낮이가 있는 것은 아니다. 그러므로 세상 고전을 두루 읽어야 하는 것이나, 우리는 우리네 고전부터 읽는 것이 마땅한 차례다.

이런 뜻으로 전국국어교사모임에서 '국어시간에 고전읽기' 시리즈를 펴낸 지 십 년이 되었다. 누구나 두루 즐기며 읽을 수 있도록 쉽게 풀어 쓰고 맛깔나고 재미있는 작품으로 재창조하려고 무던히도 애썼다. 다행히도 많은 독자로부터 분에 넘치는 사랑을 받았고, 우리 고전을 가까이하고 즐기는 청소년들이 많이 늘어 고마울 따름이다.

지난 십 년처럼 묵묵하게 이 시리즈를 이어 갈 생각으로 첫 마음을 되새기며 글과 그림을 더하고 고쳐 좀 더 새로운 얼굴의 우리 고전을 세상에 다시 내놓으려 한다. 이 책을 통해 우리 청소년들이 풍성하고 가치 있는 고전의 바다에 풍덩 빠질 수 있기를 기대해 본다.

2012년 11월
전국국어교사모임

《임진록》을 읽기 전에

《임진록》 하면 가장 먼저 무엇이 생각나나요? 혹시 인터넷 게임 〈임진록〉은 아닌가요? 이 게임은 조선 시대의 임진왜란을 배경으로 하고 있습니다. 임진왜란을 일으킨 일본과 이에 맞서는 조선, 그리고 조선에 구원병을 보낸 중국이 모두 등장하여 전투를 벌이는 것이 게임의 주된 내용이지요. 이렇듯 임진왜란은 현대에 이르러 인터넷 게임의 소재로도 활용되고 있습니다.

우리가 읽을 고전 소설 《임진록》도 임진왜란을 배경으로 하고 있습니다. 임진왜란은 임진년(1592)에 일본이 일으킨 전쟁입니다. 소설 속에서 조선은 이 전쟁에서 승리했지만, 실제로는 패배한 것이나 다름없을 정도로 엄청난 피해를 입었지요. 《임진록》은 전쟁으로 인한 백성의 분노와 치욕을 풀기 위해, 임진왜란을 통쾌한 승리의 전쟁으로 승화한 소설입니다. 또한 일본에 맞서 싸운 우리 민중과 여러 장수의 활약상을 그린 역사·군담 소설이기도 합니다.

소설 속에는 임진왜란 당시 활약한 인물들 중 이순신, 김덕령, 김응서, 강홍립, 김명원, 신립, 이일, 원균 등의 장수들과 사명당, 곽재우, 정문부 등의 의병장, 그리고 명나라 장수 이여송, 진린, 조승훈 등의 활약상이 잘 그려져 있습니다.

이 소설은 역사적 사실을 바탕으로 하고 있지만, 사실 그대로를 쓴 것은 아닙니다. 등장인물 또한 실존했지만, 그들의 활약상은 사실 그대로가 아닙니다. 상상력을 동원해서 사건과 인물을 꾸며 내기도 하고 실제 사건이나 인물의 활약을 과장하기도 하면서 소설을 만들어 냈지요. 따라서 어느 부분이 역사적 사실과 일치하는지, 또 어느 부분이 허구인지 따져 보는 것도 이 소설을 읽는 재미일 수 있습니다. 그리고 영웅들의 이야기 뒤에 가려진 일반 백성의 참상을 생각해 보는 것도 이 소설을 의미 있게 읽는 방법입니다.

《임진록》은 참으로 많은 이본이 전해지고 있습니다. 이 책은 그중에서도 역사적 사실에 충실한 경판본을 바탕으로 하고, 한남대학교 소장본(구 숭전대본)을 참고로 하여 내용을 덧붙였습니다.

전쟁은 상상할 수도 없는 엄청난 고통과 피해를 가져옵니다. 우리는 모두 전쟁이 없는 평화로운 세상에서 살아가길 원합니다. 모든 사람이 고통 없이 행복하게, 그리고 모두 어우러져 잘 사는 세상이 바로 우리가 꿈꾸는 세상일 것입니다.

이 소설을 통해 전쟁의 의미를 다시 한 번 생각해 보았으면 좋겠습니다.

2014년 4월
장경남

차례

이야기 속 이야기

한 사람의 힘으로는 성공하지 못하나

우리가 힘을 합치면 산신령도 도울 것이오

나라가 위태로운 시절에

그저 앉아만 있는 것은 올바른 도리가 아니오

왜왕 평수길이 조선 팔도를 넘보니

동남해 가운데 한 나라가 있었다. 나라의 이름은 일본이었는데, 조선의 부산에서 바닷길로 사백오십 리 정도 떨어진 곳에 있었다. 전해 오는 일본의 유래는 이렇다.

옛날 중국 진나라의 진시황은 죽지 않고 영원히 살고 싶은 욕심에 서불이라는 신하에게 불사약을 구해 오게 했다. 서불은 어린 남녀 아이 삼천 명을 데리고 삼신산을 찾아갔으나 불사약을 얻지 못했다. 차마 빈손으로 돌아갈 수가 없어, 서불은 한 섬에 눌러살게 되었다. 서불의 자손이 번성해 마침내 나라를 세웠는데, 나라 이름을 일본이라고 했다.

한편 명나라 세종 황제 때 중국 청주 땅에 박수평이라는 사람이 살

있는데, 그의 아내 진 씨는 천하에 둘도 없는 미인이었다. 일본 사람들은 명나라의 강남을 자주 침범했는데, 어느 날 청주 땅까지 와서 박수평을 죽이고 진 씨를 사로잡아 갔다. 일본으로 끌려간 진 씨는 살마주 땅에 사는 평신이라는 사람의 아내가 되었다.

이때 진 씨는 이미 임신한 지 석 달째였는데, 평신의 아내가 되고 나서 열 달이 지나서야 아이를 낳았다. 열세 달 만에 아이를 낳은 것이다. 아이를 낳기 전에 진 씨는 황룡이 공중에서 내려와 자신의 품으로 달려드는 꿈을 꾸었다. 그러던 어느 날, 홀연 신비한 향기가 방 안에 진동하고 붉은 기운이 사방에 자욱하더니 한 아이가 태어났다.

아이의 용모는 비상했다. 용의 머리에 호랑이의 눈, 잔나비의 팔에 제비턱이었으니, 보는 사람마다 아이가 영웅의 기상을 타고 태어났다고 했다. 평신은 자신의 아들인 줄 알고 크게 기뻐하며 아이의 이름을 '평수길'이라고 지었다.

세월이 흘러 어느덧 평수길은 세 살이 되었는데 목소리는 용의 소리 같았고, 그가 가는 곳에는 기이한 일이 많았다. 다섯 살 때 이미 글을 깨쳐 뛰어난 문장을 지어 내니 보는 사람마다 크게 칭찬했다. 평수길이 자라 열일곱 살이 되었을 때는 체격이 다른 사람에 비해 크고, 지혜 또한 매우 뛰어나 보통 사람과는 달랐다.

어느 날 평수길은 문득 이런 생각을 했다.

'내 이제 일본을 다 둘러보리라.'

그러고는 곧 집을 떠나 전국의 산천을 두루 구경했다. 온 나라를 돌아다니다가 하루는 고향 땅인 살마주에 이르렀다. 날씨가 무척이나 덥고, 몸이 피곤해 주막을 찾아 쉬고 있었다. 그때 마침 살마주의 관백이 경치를 구경하고 돌아오는 길에 주막에 들렀다가 평수길을 보고, 그 비범한 용모와 기상에 속으로 매우 감탄했다.

'이 아이는 훗날 반드시 귀하게 될 상이니 이대로 지나칠 수 없구나!'

관백은 즉시 평수길을 불러 물었다.

"너는 어디에 사는 누구냐?"

"저는 살마주 땅에 사는 평신의 아들 평수길이라고 합니다."

"나는 살마주의 관백이다. 대를 이을 자식이 없어 근심하며 지내던 중인데, 다행히 이렇게 너를 만났구나. 하늘이 나를 도와주시는 게 분명하다. 네가 내 아들이 되어 우리 집안의 대를 이으면 벼슬을 물려주겠노라. 내 벼슬을 이어받아 이 나라의 군대를 이끌면 대장부로서 장히 좋은 일이 아니겠느냐? 너의 뜻은 어떠하냐?"

평수길이 이 말을 듣고 깜짝 놀라 엎드려 절을 하고 말했다.

"저처럼 미천한 사람을 이렇듯 사랑하시니, 은혜가 백골난망이옵니다. 어찌 귀한 부탁을 받들지 않을 수 있겠나이까."

* 서불(徐市) 중국 진(秦)나라 때의 사람으로 서복(徐福)이라고도 불린다. 진시황의 명으로 동남동녀(童男童女) 삼천 명을 데리고 불사약을 구하러 바다 끝 삼신산으로 배를 타고 떠났으나 다시 돌아오지 않았다고 한다.
* 불사약(不死藥) 먹으면 죽지 아니하고 오래 살 수 있다는 약.
* 삼신산(三神山) 중국 전설에 나오는 봉래산, 방장산, 영주산을 통틀어 이르는 말.
* 잔나비 원숭이.
* 제비턱 밑이 두툼하고 널찍하게 생긴 턱.
* 관백(關白) 일본에서 천황을 보좌하며 천하를 다스리던 높은 벼슬아치.
* 백골난망(白骨難忘) 죽어서 백골이 되어도 잊을 수 없다는 뜻으로, 남에게 큰 은덕을 입었을 때 고마움의 뜻으로 이르는 말.

관백은 이 대답을 듣고 무척 기뻐하면서 즉시 평수길을 성으로 데리고 와서 좋은 옷으로 갈아입히고 맛있는 음식을 내놓았다. 그러고는 평수길과 함께 음식을 먹으면서 세상일을 의논했다. 관백의 여러 가지 질문에 평수길은 조금도 머뭇거림이 없었다. 어떤 물음에도 척척 대답을 잘하자 관백은 평수길을 기특하게 여겨 장군으로 삼았다. 장군이 된 평수길은 의기양양하여 속으로 생각했다.

'이제 이 나라에 내 지혜와 용기를 당할 자가 없을 것이다.'

평수길이 일본의 예순여섯 주를 다스리면서 이름을 떨치기 시작하자 전국의 모든 영웅이 평수길에게 몰려들었고, 주변의 크고 작은 나라들이 다 항복하여 점점 세력이 커졌다. 마침내 왕을 쫓아내고 스스로 일본의 왕이 된 평수길은 점점 교만해졌다.

'내 어찌 이 작은 나라를 다스리는 것에 만족하리오?'

이렇게 생각하고는 조정의 신하를 모두 불러 모아 말했다.

"여봐라! 경들은 내 말을 똑똑히 들으라. 내가 이제 조선과 명나라를 치려 하니 의견을 내놓도록 하라!"

말을 마치자 산동 태수 청세가 앞으로 나서며 아뢰었다.

"전하! 지혜와 용기를 갖춘 사람을 뽑아서 조선에 보내, 그곳 형편과 사정을 몰래 살핀 후에 군사를 일으키는 게 옳은 줄 아뢰옵니다."

"그대 말이 옳다. 그러면 누가 능히 이 임무를 맡겠느냐?"

• **태수**(太守) 지방관을 일컫는다.

말이 끝나기도 전에 평조익, 평조신, 평조강, 안국사, 선강정, 평의지, 경감로, 승려 현소 등 여덟 명의 장수가 앞으로 나서며 아뢰었다.

"전하! 저희가 이 임무를 맡겠나이다."

평수길은 매우 기뻐하면서 장수들에게 각각 은 삼백 냥을 주며 격려했다. 여덟 장수는 평수길에게 하직 인사를 하고 짐을 꾸려 조선으로 출발했다. 며칠 후 부산에 이르자 모두 배에서 내려 조선 옷으로 갈아입었다. 어떤 이는 도사의 모습으로, 어떤 이는 장사꾼의 모습으로 변장을 하고 나서 모여 의논했다.

"조선 팔도를 한 곳씩 맡아 염탐한 뒤, 삼 년 후 부산으로 모입시다."

이렇게 다짐을 하고 여덟 장수는 각각 흩어졌다.

이때 조선은 선조 임금이 다스리고 있었는데, 나라를 세운 이래로 이백 년 동안 태평성대가 계속되자 모든 사람이 재물만 탐할 뿐, 군대

를 정비하거나 병기를 다스릴 생각은 꿈에도 하지 않았다. 군대의 기
강도 극도로 풀어져 있었으나 아무도 신경 쓰지 않았다. 양반들은 서
로 벼슬을 다투느라 정신이 없었고, 백성들도 재산을 늘릴 생각에만
빠져 있을 뿐 어느 누구도 나라를 위해 충성을 다하는 이가 없었다.
이런 상황이니 일본에서 조선에 염탐꾼을 보냈으리라고는 아무도 생
각하지 못했다.

　여덟 장수는 조선 팔도를 두루 다니며 크고 작은 일을 모두 알아본
후, 한양에 들어와 궁중의 일 또한 낱낱이 조사했다. 그리고 삼 년 후
부산에 다시 모였다가 일본으로 돌아가 평수길에게 조사한 내용을 보

* **한양(漢陽)** 서울의 옛 이름으로 임진왜란 당시에는 한성(漢城)이라 불렀다.

고하고, 조선 지도를 내놓았다. 평수길은 크게 기뻐하며 여덟 장수에게 많은 상을 내린 후에 조선을 침범할 계획을 세웠다. 그리고 평조신과 현소를 다시 조선에 보내어 다음과 같은 내용의 편지를 전했다.

조선이 본래 일본과 가깝게 마주하고 있는데도 서로 교류하지 않는 것은 잘못된 일이다. 또 일본이 명나라로 가고 싶어도 조선이 중간에서 막아 길을 통할 수 없게 하니 더욱 안타깝도다. 이제 조선은 일본과 화친하여 일본 사신이 명나라로 갈 수 있는 길을 열어 주는 것이 좋을 것이다. 만일 그러하지 않으면 조선은 큰 화를 당하리라.

선조 임금은 글을 읽고 큰 근심에 싸여, 조정의 모든 신하를 불러 대책을 의논했다. 먼저 유성룡이 말했다.

"전하! 마땅히 사신을 보내어 화답하고 한편으로는 일본의 동정을 염탐하는 것이 가장 좋은 줄로 아뢰옵나이다."

선조 임금과 조정 신하들은 서로 의견을 내놓으며 한참을 의논한 끝에, 결국 유성룡의 주장을 받아들이기로 했다. 선조 임금은 즉시 통신사를 뽑아 황윤길을 상사로, 김성일을 부사로, 그리고 허성을 서장관으로 삼아 일본으로 보냈다.

통신사 일행은 평조신과 함께 떠나 여러 날 만에 일본의 수도에 이르렀다. 평수길이 통신사 일행을 불러 말했다.

"조선의 국왕이 길을 막아 일본 사신이 명나라로 갈 수 없으니, 이는 우리를 업신여기는 것이다. 지금이라도 길을 열어 주면 무사하겠지만, 그렇지 않으면 조선이 큰 화를 당하리라."

평수길은 조선 사신들을 매우 소홀히 대접했다. 상에는 대충 차린 음식에 술 몇 잔뿐이었고, 통신사에게 노자로 내놓은 돈은 은 백 냥이 전부였다. 그중 선조 임금에게 올리는 편지의 내용이 가장 무성의했다. 김성일은 이 편지를 그대로 임금에게 올릴 수 없어서 여러 번 돌

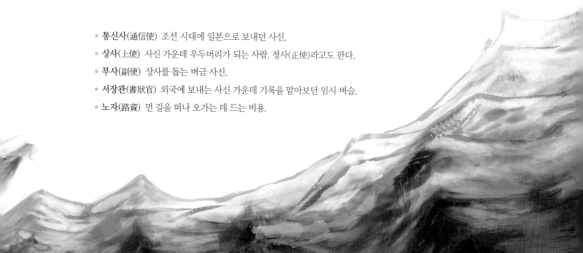

• **통신사**(通信使) 조선 시대에 일본으로 보내던 사신.
• **상사**(上使) 사신 가운데 우두머리가 되는 사람. 정사(正使)라고도 한다.
• **부사**(副使) 상사를 돕는 버금 사신.
• **서장관**(書狀官) 외국에 보내는 사신 가운데 기록을 맡아보던 임시 벼슬.
• **노자**(路資) 먼 길을 떠나 오가는 데 드는 비용.

려보내어 글의 내용을 고쳐 받은 후에야 비로소 조선으로 돌아왔다.

선조 임금이 통신사 일행을 불러 일본의 동정을 묻자, 황윤길이 아뢰었다.

"전하! 아뢰옵기 황공하오나 신은 일본이 조선을 침범할 기미를 보지 못했나이다."

이 말을 들은 조정 신하들은 둘로 나뉘어 대립했다. 한편에서는 황윤길의 말이 옳다 하고, 한편에서는 이를 의심했다.

임금께서는 백성을 버리고 어디로 가시나이까

임진년(1592) 4월이었다. 부산 첨사 정발이 절영도에 가서 사냥을 하다가 문득 바다를 바라보니, 무수히 많은 일본 배가 줄을 지어 부산으로 들어오고 있었다. 깜짝 놀란 정발은 황급히 부산성 안으로 돌아와 성문을 굳게 닫고 지켰지만, 왜적은 육지에 닿자마자 부산성을 포위하고 공격했다. 수문장 박홍은 왜적의 세력이 강함을 알고 싸울 생각이 없어져 성을 버리고 달아났다. 정발은 홀로 온 힘을 다해 왜적을 막으려 했으나 결국 목숨을 잃고 말았다.

왜적은 부산성을 무너뜨린 지 채 열흘도 지나지 않아 동래성을 공격했다. 동래 부사 송상현이 성문을 굳게 닫고 지켰으나 왜적의 공격을 막아 낼 수가 없었다. 송상현은 이기지 못할 줄 알고 성안으로 들어와 조복으로 갈아입은 후 임금이 있는 북쪽을 향해 네 번 절하고 통곡했다.

"전하! 신이 변방을 지키다 난을 당해 도적을 무찌르지 못하고 오늘 죽습니다. 신의 불충한 죄가 끝이 없으니 하늘은 굽어 살피시옵소서."

통곡을 그친 후, 손가락을 깨물어 흐르는 피로 시 한 수를 지었다.

고립된 성을 적이 달무리처럼 둘러싸니
큰 진을 구할 길이 없네.
임금과 신하의 의를 지키려다 이제 죽으니
부모의 은혜를 소홀히 한 자식을 용서하소서.

그러고 나서 송상현은 하인을 불러 명령했다.

"너는 빨리 집으로 돌아가서 이 글을 내 아버지께 드린 후에 가족을 모시고 피란하라!"

송상현은 하인을 보낸 후 칼을 뽑아 들고 자리를 굳게 지키며 앉아

● **첨사(僉使)** 각 진영에 둔 종삼품 무관 벼슬.
● **조복(朝服)** 관원이 조정에 나가 하례할 때에 입던 예복.
● **진(陣)** 군사들의 대오(隊伍)를 배치한 것.

있었다. 이윽고 왜적이 성문을 깨고 들어오자, 송상현은 홀로 힘써 싸우다가 목숨을 잃고 말았다. 왜적은 송상현의 충성스러움에 감탄하여 예를 갖추어 장례를 치르고, 푯말을 세워 후세 사람들에게 알렸다.

동래성 함락 이후 왜장 가등청정과 평행장은 계속해서 여러 성을 함락시키고 승승장구하며 북으로 향했다.

한편, 동래성이 함락되기 전에 경상 좌수사는 급히 조정에 장계를 올려, 왜적이 부산성을 함락하고 동래성으로 향한다는 사실을 알렸다. 선조 임금이 이를 보고 크게 놀라 즉시 유성룡을 체찰사로, 이일을 경상도 순변사로, 신립을 충청도 순변사로 임명하고 명령을 내렸다.

"신립 장군은 충청도 지역의 군대를 거느리고 이일의 뒤를 보호하라."

이들은 임금에게 하직 인사를 올리고 곧바로 부임지로 떠났다.

경상도 순변사 이일은 먼저 경상도 지역의 수령들에게 격서를 보내어 각각 군사를 거느리고 대구로 모이라고 명령했다. 그러나 각 지역 수령의 군사들은 대구로 향하는 도중에 왜적이 가까이 왔다는 소리를 듣고 모두 도망가 버리고 말았다.

"순변사가 와서 군사들이 도망한 것을 알면 우리는 죽음을 면할 수 없을 것이오. 차라리 우리도 도망을 쳐 목숨을 구하도록 합시다."

당황한 수령들은 이같이 의논을 하고 각각 흩어져 버렸다.

이일이 충청도에 이르렀을 때, 백성들은 어른 아이 할 것 없이 모두 피란하기에 정신이 없었고, 울음소리는 땅을 흔들었다. 이일은 탄식하면서 다시 말을 재촉하여 경상도에 이르렀다. 하지만 마을은 이미 텅 비었고 사람 그림자도 비치지 않으니 길을 묻거나 밥을 얻어먹을 곳조차 없었다. 이일은 할 수 없이 배고픔을 참고 다시 말을 달려 문경에 이르렀지만 그곳 또한 인적이 없어 관아의 창고를 뒤져 겨우 밥을 지어 먹었다. 그러고는 또 말을 달려 대구에 이르렀지만 거기에도 사람이 없어 다시 상주로 가니 상주 목사 권길이 홀로 남아 있었다. 이일은 권길이 군사를 모으지 못한 것을 크게 꾸짖고는 군사들에게 명령했다.

"여봐라! 권길의 목을 베어라."

그러자 권길이 무릎을 꿇고 애걸했다.

"장군! 이제라도 군사를 모으리니 부디 용서하소서."

권길이 급히 군사를 불러 모아 그 수를 세어 보니 겨우 팔백여 명이었다. 하지만 상황이 다급한지라 이일은 우선 모인 군사들로 진을 치고 갑옷을 갖추어 입힌 뒤 말을 몰아 왜적을 쫓았다. 종사관 윤섬과 박호, 그리고 목사 권길이 뒤를 따랐다. 얼마 가지 않았을 때, 갑자기 두어 사람이 수풀 속에서 나와 주위를 두루 살펴보다가 사라졌다. 이일은 그들이 왜적의 척후병이 아닌가 하는 생각이 들어 군관에게 명

- **좌수사(左水使)** 전라도와 경상도의 각 좌도(左道)에 둔 군영의 우두머리.
- **장계(狀啓)** 왕명을 받고 지방에 나가 있는 신하가 중요한 일을 왕에게 보고하는 문서.
- **체찰사(體察使)** 지방에 군란(軍亂)이 있을 때 임금을 대신해 그곳에 가서 일을 맡아보던 임시 벼슬.
- **순변사(巡邊使)** 왕명으로 군사에 관한 일을 맡아 변경을 순찰하던 특사.
- **격서(檄書)** 격문(檄文). 어떤 일을 여러 사람에게 알리어 부추기는 글.
- **목사(牧使)** 관찰사 밑에서 지방의 목(牧)을 다스리던 정삼품 외직 문관.
- **종사관(從事官)** 각 군영의 주장(主將)을 보좌하던 종육품 벼슬.
- **척후병(斥候兵)** 적의 형편이나 지형 등을 정찰하고 탐색하는 병사.

령했다.

"군졸 두 명을 데리고 나가 적의 형세를 염탐하라."

하지만 군관은 미처 멀리 가기도 전에 왜적의 총에 맞아 죽었다. 이
윽고 왜적이 몰려와 조총을 쏘아 대니 죽는 군사가 수없이 많았다. 혼
란한 가운데서도 이일은 정신을 차리고 호령했다.

"여봐라! 피하지 말고 활을 쏴라!"

그러나 군사들이 쏘는 화살은 멀리 나가지 못하고 떨어져 버렸다.
이를 본 왜적은 조선 군대를 비웃으면서 깃발을 휘두르며 한꺼번에 달
려들었다. 형세가 위태로워지자 이일을 황망히 말을 돌려 달아나기 시
작했다. 왜적은 지휘관을 잃은 조선군 진영을 쉽게 무너뜨리고 이일을
쫓기 시작했다. 이일은 깜짝 놀라 갑옷을 벗어 버리고 말에서 내린 뒤
샛길로 도망하여 문경에 이르렀다. 이일은 자신의 패배를 조정에 전하
고, 물러가 도성을 지키려고 마음먹었다가 신립이 충주에 있다는 소식
을 듣고 그곳으로 향했다.

한편 이일의 패배 소식이 조정에 전해지자 민심이 흉흉해졌다. 임금이 도성을 버릴 것이라는 말까지 나돌자 모든 왕실 종친이 모여 통곡하면서 성을 굳게 지켜 달라고 청했다. 선조 임금이 이들을 위로하며 대답했다.

　"종사가 이곳에 있는데 내가 어디로 가겠소?"

　선조 임금은 백성 중에서 군사를 뽑아 성첩을 지키려고 했다. 하지만 지켜야 할 성첩은 사십 리가 넘는데 모인 자는 겨우 칠천 명이었다.

● 종사(宗社) 종묘와 사직이라는 뜻으로, '나라'를 이르는 말.
● 성첩(城堞) 성 위에 낮게 쌓은 담.

더군다나 오합지졸이었으며, 모두 도망갈 생각만 품고 있었다.

한편 충청도 순변사 신립이 충주로 내려가 보니 이미 백성들은 다 피란한 후라 성안이 텅텅 비어 있었다. 각 고을에 격서를 보내어 군사를 불러 모으자 팔천여 명이 모여들었다. 신립은 이들을 이끌고 조령을 지키고 있다가 이일이 패배했다는 소식을 듣고는, 군사를 되돌려 강을 등지고 탄금대 아래에 진을 쳤다. 장수들이 그 이유를 물었다.

"왜적이 공격하면 물러날 곳도 없는데 이곳에 진을 치다니, 어찌하려고 그러시오?"

"옛날 한신이 조나라를 칠 때 배수진으로 크게 이긴 것을 모르시오?"

"한신은 적의 강하고 약함을 잘 헤아리고 있었기에 배수진을 쳐서 이겼으나, 장군은 적은 군사로 무수히 많은 왜적을 어떻게 당해 내려 하시오? 다행히 이기면 좋겠지만, 만일 실패하면 모두 죽음을 면치 못할 것이니 어찌 걱정하지 않을 수 있겠소?"

신립이 이 말을 듣고 크게 화를 내며 대꾸하는 자의 목을 베려고 하는데, 갑자기 이일이 달려 들어왔다. 신립이 크게 기뻐하며 이일을 맞이해 서로 그동안의 사연을 나누고 있는데, 한 군사가 다급하게 외쳤다.

"왜적이 벌써 조령을 넘어온다!"

신립과 이일이 깜짝 놀라 각자의 말에 올라타고 조령 쪽을 바라보았다. 왜적이 산과 들을 가득 뒤덮으며 달려오는데, 그 기세가 거침이 없었다. 이를 본 군사들은 몹시 놀라 넋이 나가 버렸고 싸울 마음을 잃었다. 신립은 군사들에게 활을 쏘라고 호령하면서, 스스로는 장창을 들고 말에 올라 적진을 향해 달렸다. 하지만 왜적이 사방을 둘러싸고 조총을 쏘아 대니 아무리 용맹한 신립일지라도 벗어날 수가 없었다. 신립이 급히 한쪽을 헤치고 달아나다가 총탄에 맞아 죽자, 왜적은 기세를 몰아 신립의 진영을 더욱 무섭게 공격했다. 조선 군사들은 도저히 당해 낼 수 없어 크게 패했고, 목숨을 잃은 군사들의 수는 헤아릴 수가 없었다.

이일은 신립이 패하는 모습을 보고 필마단창으로 동녘을 향해 달아났다. 이를 놓칠세라 왜적 수십여 명이 숨어 있다가 달려 나와 길을 막았다. 하지만 이일은 있는 힘을 다해 십여 명을 죽이고 길을 뚫어 달아났다. 왜적은 그 용맹함을 보고 감히 더 쫓아가지 못했다. 이일은 그 길로 급히 부여로 가서 패전했다는 내용의 장계를 조정에 올리고 다시 군사를 불러 모았다.

한편 조정에서는 신립의 승패를 몰라 초초하게 기다리고 있었는데, 때마침 이일의 장계가 도착했다.

패장 이일은 죽을죄를 짓고 아뢰옵니다. 처음에 경상도에서 패하고, 목숨을 보전하기 위해 충주의 신립에게 달려갔사옵니다. 탄금대 아래에서 신립과 힘을 합쳐 싸웠지만, 전군이 함몰했고 신립 또한 전사했사

- **오합지졸(烏合之卒)** 까마귀가 모인 것처럼 질서가 없이 모인 병졸.
- **배수진(背水陣)** 강이나 바다를 등지고 치는 진. 중국 한(漢)나라의 한신이 강을 등지고 진을 쳐서 병사들이 물러서지 못하고 힘을 다해 싸우도록 하여 조(趙)나라 군사들을 물리쳤다는 데서 유래한다.
- **필마단창(匹馬單槍)** 말 한 필과 창 한 자루라는 뜻으로, 혼자 간단한 무장을 한 채 말을 타고 가는 것.

옵니다. 신은 지금 부여로 와서 군사를 모아 왜적을 치려 하고 있으나, 왜적의 기세가 매우 거세어 신의 생사 또한 장담하지 못하겠사옵니다. 왜적이 머지않아 한양을 침범할 듯하오니, 부디 미리 공격에 대비하여 성을 지키소서.

선조 임금이 이일의 장계를 보고 놀라 어찌할 바를 모르자, 종실인 하원군과 하릉군이 모든 대신과 함께 아뢰었다.

"전하! 아뢰옵기 황공하오나 사태가 이 지경에 이르렀으니 전하께서는 평양으로 잠시 옮기셨다가 명나라에 구원을 청하여 국권을 회복할 길을 도모하소서."

그러자 권협이 앞으로 나서며 소리쳤다.

"전하! 아니 되옵니다. 어찌 도성을 버릴 수 있겠사옵니까?"

유성룡과 이항복이 아뢰었다.

"전하! 지금의 사태로 보아 잠시 피하는 것이 마땅하옵니다. 모든 왕자를 경상도, 전라도, 충청도에 나누어 보내고 군사를 모집해 전세가 회복되기를 기다리는 것이 옳은 줄로 아뢰옵니다."

선조 임금은 유성룡의 주장을 옳게 여겼다. 즉시 김귀영, 윤탁연, 황정욱, 황혁, 이기 등을 불러 명령했다.

"짐이 덕이 없어 큰 화를 만나 나라를 떠나야 하고, 아버지와 아들, 형제들이 달아나 숨어야 하니 어찌 망극하지 않으리오? 짐이 경들의 충성을 잘 알고 있으니, 임해군, 순해군 두 왕자를 데리고 강원도, 함경도로 피란하고 한편으로는 병사를 모아 왜적을 물리치시오. 그런 후에 부자와 군신이 다시 만날 수 있도록 하시오."

김귀영이 대답했다.

"비록 신의 충성이 부족하오나 목숨을 다해 왕자를 모시겠나이다."

김귀영은 하직 인사를 마친 후, 즉시 두 왕자와 함께 북쪽으로 향했다. 선조 임금 또한 왕비 일행을 거느리고 군사들을 재촉하여 평양으로 피란할 준비를 했다. 한편으로는 정양원을 수성대장으로 임명하여 도성을 지키게 하고, 김명원을 도원수로, 신각을 부원수로 임명하여 한강을 지키게 했다. 임금이 도성을 버리고 피란길에 오른다는 소문이 퍼지자 성안의 백성들이 늙은이와 어린아이를 모두 이끌고 길가에 나와 울부짖었다.

"임금께서는 백성을 버리고 어디로 가시나이까!"

선조 임금은 선전관을 보내어 백성을 위로하고 피란길에 올랐다. 경기 감사 권징이 이를 호위했다.

피란 행렬이 벽제 역에 이르렀을 때, 하늘이 뚫린 듯 갑자기 비가 세차게 쏟아졌다. 신하와 궁녀 들은 피하지 못하고 온몸으로 비를 맞으며 대가를 따랐다.

장단 부사 구효연이 약간의 술과 고기를 갖추어 놓고 대가를 기다렸

* **수성대장**(守城大將) 적의 공격이나 침략을 막기 위하여 성을 지키는 책임을 맡은 벼슬.
* **도원수**(都元帥) 전쟁이 났을 때 군무를 통괄하던 임시 무관 벼슬.
* **부원수**(副元帥) 도원수 다음가는 군의 통솔자.
* **선전관**(宣傳官) 조선 시대에 형명(形名), 전령(傳令) 등의 출납을 맡은 관리.
* **대가**(大駕) 어가(御駕). 임금이 타던 수레.

다. 그런데 임금 일행을 호위하며 피란길에 오른 이후로 여러 날 동안 굶은 군사들이 먼저 달려들어 음식을 먹어 버렸다. 임금에게 올릴 것이 없어지자, 구효연은 이로 인해 벌을 받을까 두려워 달아났다.

한편 송도 유수 조인득은 군사를 거느리고 구원하러 오다가 선조 임금을 만났다. 그는 대가를 보호하며 따라가 저녁 즈음에 송도에 이르렀다. 일행이 머무를 거처를 마련하고 여장을 풀고 나서 조정 대신들은 임금에게 아뢰었다.

"도성을 잃었으니 그 잘못을 가려 조정 신하를 새로 임명하옵소서!"

그 말을 듣고 선조 임금은 유성룡을 영의정으로, 최흥원을 좌의정으로, 윤두수를 우의정으로 임명했다.

이윽고 대가는 다시 송도를 출발했다. 일행이 금천, 평산, 무산, 황주, 중화를 거쳐 평양에 이르자, 평양 감사 송언신이 나와 대가를 영접했다.

• 유수(留守) 수도 이외의 요긴한 곳을 맡아 다스리던 정이품의 외관(外官) 벼슬.

조선은 거의 다 왜적의 손아귀에 들어

한편 왜적은 충주를 함락하고 군사를 넷으로 나누어 각기 다른 길로 한양에 가고 있었는데, 그중 왜장 평수정이 먼저 대군을 거느리고 강을 건너 한양에 다다랐다. 한양성에 머물고 있던 정양원은 이를 보고 성문을 더욱 굳게 닫아 지켰다. 그런데 적의 형세를 엿보던 군사가 달려와 보고했다.

"지금 또 왜장 평행장이 대군을 거느리고 이르렀나이다."

신각이 정양원에게 말했다.

"왜적의 기세가 참으로 사납습니다. 우리는 군사도 적을 뿐만 아니라 만일 싸우는 중에 양식이 다 떨어지기라도 하면 능히 성을 지키기 어려울 것이옵니다. 차라리 성을 버리고 함경도로 가서 군사를 모아 뒷날을 기약하는 것이 옳을 듯합니다."

하지만 정양원은 신각의 말을 무시했다. 신각은 속으로 생각했다.

'지금 성을 버리고 달아나면 죄가 무겁겠지만 뒷날 다른 공을 세워 죄를 면하리라.'

그러고는 밤에 몰래 동대문을 열고 함경도로 달아났다.

왜장 평행장은 군사를 이끌고 한강에 이르렀다. 한강을 지키고 있던 김명원은 왜적이 밀려오는 것을 보고 싸울 마음을 잃어 무기와 화포를 모두 물에 던져 버리고 달아났다. 왜적은 한강을 건너자마자 바로 도성을 공격했다. 정양원은 기세등등한 왜적을 보고 어찌할 줄 몰라 쩔쩔매다가 동대문을 열고 양주로 달아났다. 왜적은 별다른 저항도 받지 않고 손쉽게 한양을 빼앗았다.

평행장은 일본에 첩서를 보내 한양을 빼앗았다는 소식을 전하고, 군사를 더 보내 달라고 요청했다. 이를 본 평수길은 크게 기뻐하며 대장 안국사와 평정성을 불렀다.

"평행장과 가등청정 등이 충청도, 전라도, 경상도의 삼도를 무너뜨리고 한양의 도성을 빼앗았다고 한다. 또한 조선 왕은 평양으로 도망갔다고 하니, 너희는 각각 군사를 거느리고 나가 이들을 도와 평양성을 공격하라."

두 장수는 명령을 받들어 각각 군사 만 명씩을 거느리고 부산에 도착하여 배에서 내리자마자 밤낮으로 행군했다. 마침내 한양에 이르자

• **첩서(捷書)** 싸움에서 승리한 것을 보고하는 글.

그들은 도성 가까이에 진을 치고 가등청정과 연락을 주고받았다.

　이때 가등청정과 평행장은 경복궁에 진을 치고 평수정은 궁궐 안의 종묘에 자리를 잡고 있었는데, 밤마다 종묘의 신령이 왜적을 꾸짖고 보채며 못살게 굴었다. 이에 평수성이 화가 나서 종묘에 불을 지르고 거처를 남별궁으로 옮겼다.

　하루는 가등청정이 평행장에 말했다.

　"조선 왕은 평양으로 도망했다. 그대가 군사를 이끌고 가서 평양을 치면 조선 왕은 반드시 의주로 도망갈 것이다. 그대는 평양을 빼앗아 굳게 지키고 있어라. 머지않아 마다시와 심안둔이 군사를 이끌고 서해로 돌아 압록강에 들어오면, 조선 왕은 갈 곳이 없어 함경도로 달아날 것이다. 이를 틈타 내가 군사를 이끌고 함경도로 들어가 곳곳의 요새를 막아 지키겠다. 또한 내가 형세를 보아 가며 사람을 보내어 소식을 전할 것이니, 그대는 그때마다 즉시 내 말에 응수하라."

　가등청정은 또 평수정과 평의지 두 장수를 불러 말했다.

"그대들은 각각 군사 일천 명씩 거느리고 강원도로 들어가 험한 곳에 숨어 있다가 내 기별을 받자마자 즉시 응수하라."

말을 마친 후 가등청정은 경복궁에 불을 지른 다음 평조신과 평조령에게 도성을 지키게 했다. 그리고 자신은 평행장과 더불어 각각 군사 천 명씩을 거느리고 서북쪽으로 길을 나누어 행군을 시작했다.

한편 김명원은 한강을 빼앗기고 도망쳐 임진강에 이르렀다.

'만일 이곳마저 잃으면 전하께서 가신 서쪽 길을 지키지 못할 것이다.'

이렇게 생각한 김명원은 임진강에 머무르기로 결심하고 조정에 장계를 올렸다.

신이 한강을 빼앗기고 도망쳐 보니 임진강도 위태로워, 이곳을 지키고자 합니다. 그리고 부원수 신각은 신의 명령을 듣지 않고 임의로 다른 곳으로 갔으니 그 죄를 물으소서.

이를 본 선조 임금은 새로이 신길을 도원수로, 유극량을 부원수로 삼아 임진강을 지키게 했다. 한편으로는 선전관을 보내어 신각의 머리를 베어 오라고 명했다.

한편 신각은 함경도로 들어가 군사를 모은 후, 다시 한양으로 향하던 길에 강원도를 지나다가 왜적을 만났다. 신각이 힘써 싸워 왜적 육십여 명을 베고 왜의 진영을 짓쳐 들어가자 왜적이 놀라 황급히 도망쳤다. 신각이 뒤를 따라가 화살로 왜장을 쏘아 맞히자 남은 왜적은 사방으로 뿔뿔이 흩어졌다. 신각은 승전한 내용의 글을 임금에게 올리고 다시 군사를 재촉해 한양으로 가는 도중에 선전관을 만났다. 선전관은 선조 임금의 명을 전달하고 그 자리에서 신각의 머리를 베어 버렸다.

그 무렵, 선조 임금과 대신들이 모여 있던 평양에 신각이 승전했다는 글이 도달했다. 선조 임금은 이를 보고 크게 기뻐하면서, 즉시 신각의 죄를 용서한다는 명령을 내리고 급히 사신을 보내어 전하게 했다. 사신이 쉬지 않고 밤낮으로 달려가 선전관을 만났지만, 그는 이미 신각의 머리를 베어 돌아오는 중이었다. 사신은 할 수 없이 선전관과 함께 평양으로 돌아와 임금에게 사실을 아뢰었다. 선조 임금은 이를 듣고 매우 안타까워하면서 한탄했다.

새로 도원수가 된 신길은 유극량과 더불어 임진강으로 가서 김명원과 합세하여 대책을 의논하고 있었다. 그런데 왜적이 임진강 가까이 이르렀다는 보고가 들어왔다. 신길은 즉시 군사를 벌여 진을 치고, 배들을 서쪽 언덕에 매어 놓고 굳게 지켰다. 왜장 평의지가 임진강에 이르러 강을 건너려고 했지만, 배가 다 서쪽 언덕에 매여 있어 건널 수가 없었다. 그저 강 건너편을 향해 조총을 쏘아 댈 뿐이었다. 부원수 유극량이 조총에 응수해 화살을 쏘자, 무수히 많은 적병이 죽었다. 평의지는 이에 놀라 멀리 물러나서 진을 치고 근심하던 중 문득 한 가지 꾀를 생각해 냈다. 그는 곧바로 군막을 헐어 십 리를 더 물러나 다시 진을 치고 가등청정, 평행장과 함께 의논했다.

"내가 퇴군하는 척하며 삼십 리 정도 군사를 더 물리면서 조선 군사들을 유인하겠소. 그대들은 산골짜기 좌우에 숨어 있다가 조선 군사들이 들어오면 일시에 달려들어 공격하시오. 이렇게만 하면 분명히 승리할 것이오."

평의지의 말에 따라 왜장들은 서로 굳게 약속하고 흩어졌다.

이때 신길 또한 김명원과 유극량에게 왜적을 공격할 대책에 대해 이야기하고 있었다.

"적병이 오랫동안 진을 치고 있다가 군량이 다하여 물러갔으니, 우

• 군막(軍幕) 군대에서 쓰는 장막.
• 군량(軍糧) 군대의 양식.

리가 밤을 틈타 가만히 강을 건너 뒤를 습격하면 반드시 크게 승리할 것이오."

그러자 유극량이 말했다.

"왜적이 본래 간사한 꾀가 많습니다. 뒤를 쫓다가 혹시 그런 꾀에 빠질까 두렵습니다. 지금은 그저 굳게 지키는 것이 상책입니다."

신길이 듣고 꾸짖었다.

"그대는 어찌 약한 말을 꺼내 군심을 흐트러뜨리는가? 만일 내 명령을 어기는 자가 있으면 당장에 목을 벨 것이오!"

유극량은 다시 말을 꺼내지 못하고 다만 활을 챙겨 신길의 뒤를 따를 뿐이었다.

신길은 김명원에게 진을 지키게 하고 밤이 되기를 기다렸다. 밤이 되자 군사를 이끌고 가만히 강을 건너 적진에 들어갔으나, 뜻밖에도 적병이 하나도 없었다. 그는 속으로 기뻐하면서 군사를 거느리고 왜적의 뒤를 쫓았다. 그때 어디선가 대포 소리가 나고 횃불이 하늘에 가득하더니, 갑자기 가등청정이 달려들었다. 신길은 크게 놀라 급히 군사를 돌이켜 임진강으로 달아났다.

한편 평행장은 거짓으로 후퇴하는 체하고 가만히 숨어 있다가 신길이 강을 건너와 가등청정을 뒤쫓는 것을 보고 급히 군사를 몰아 강변에 이르렀다. 그는 신길의 군대가 타고 온 배를 모두 빼앗아 타고 강을 건너 조선의 진영을 습격했다. 김명원은 졸지에 평행장을 맞아, 죽도록 싸우다가 군사를 다 잃고 겨우 목숨만 건져 평양으로 도망했다.

신길은 가등청정에게 쫓겨 강변에 이르렀으나 타고 왔던 배가 한 척

도 없었다. 그때서야 적의 꾀에 빠진 줄 알고 당황하여 어찌할 줄 모
르고 있는데, 갑자기 양쪽에서 적병이 달려들었다. 신길은 있는 힘을
다해 좌충우돌하면서 싸웠지만 결국 왜적의 총탄에 맞아 죽었다.

유극량이 하늘을 우러러보면서 탄식했다.

"신길이 내 말을 듣지 않아 이렇게 패하니 누구를 원망하리오."

상황이 더욱 다급해지자 유극량은 말을 버리고 언덕에 몸을 의지해
왜적을 향해 활을 쏘기 시작했다. 하지만 곧 화살이 다 떨어지고 적병
은 여전히 물밀듯 쳐들어오자, 눈물을 흘리며 탄식했다.

"내 어찌 왜적에게 욕을 당하리오."

그리고 나서 유극량은 스스로 목을 찔러 죽고 말았다.

왜적은 임진강을 건넌 후 군사를 두 갈래로 나누었는데, 가등청정은 북도로 향했고, 평행장은 미리 염탐꾼을 보내어 사정을 몰래 살피면서 평양으로 행군했다.

한편 북병사 한극함은 가등청정이 가까이 이르렀다는 소리를 듣고 황급히 경흥, 경원, 회령, 종성 등에서 군사와 군마를 모집했다. 진을 치고 싸울 채비를 다한 후에 한극함이 먼저 보병을 이끌고 나아가 일시에 활을 쏘아 대자, 왜적이 당해 내지 못하고 물러났다. 그 기세를 타고 한극함이 기마병을 몰아 좌우에서 공격하자, 가등청정은 달아나다가 산골짜기에 군사를 매복시켰다. 한극함은 군사를 재촉하여 가등청정을 추격하다가 문득 산의 형세가 험악함을 보고 군사를 물려 들판에 진영을 세우고 쉬게 했다.

이때 왜장 경감로가 북도에 들어가 길주, 명천을 무너뜨리고 회령으로 가다가 가등청정이 패했다는 소식을 들었다. 경감로는 즉시 군사를 몰아 가등청정에게 가서 협공하기로 약속하고, 그날 밤에 가등청정은 앞을, 경감로는 뒤를 공격했다. 한극함의 군사가 아무리 용맹하다 한들 앞뒤에서 공격하니 당해 낼 수가 없었다.

한극함이 군사를 마천령으로 물리고 잠시 쉬는 틈을 타서 왜적은 한극함의 진영에 불을 지르며 또다시 달려들었다. 한극함의 군사는 여러 번의 싸움에 지친 터라 다시 싸울 엄두도 못 내고 그저 달아나기 바빴다. 한극함은 홀로 남아 힘써 싸우다가 회령으로 달아났다. 가등청정이 군사를 몰아 남병영에 이르자 병사 이혼은 크게 놀라 황급히 달아났다. 그 후로 가등청정은 전투마다 승리하여 여러 고을을 빼앗으며 그 기세가 태산같이 높았다.

한편 임해군과 순화군 두 왕자는 대신들을 거느리고 강화도를 거쳐 북도에 들어가 회령에 머물고 있었다. 그런데 이 고을 아전 국경인이라는 놈이 흉계를 세우고 동료 십여 명과 모여 몰래 의논했다.

"지금 조선은 거의 다 왜적의 손아귀에 들어 예전처럼 회복되기 어려운 형편이오. 어찌 서산에 지는 해만 바라고 있겠는가? 이제 동녘에 떠오르는 새 달을 따르는 것이 옳지 않겠소? 우리가 두 왕자와 대신들과 한극함을 사로잡아 가등청정에게 바치고 항복하면 반드시 큰 상을 받을 것이오."

국경인은 동료들을 골목에 숨기고, 왕자가 머무르고 있는 곳으로 가서 거짓으로 말했다.

"적병이 가까이 왔으니 빨리 산중으로 피하소서."

두 왕자가 크게 놀라 김귀영, 황정욱, 유영립, 한극함과 함께 성문을 나와 황급히 달아나는데, 날은 이미 어두웠다. 국경인이 길을 인도하는 체하며 일부러 왕자를 연못에 빠뜨리자, 숨어 있던 동료들이 한꺼번에 달려들어 끈으로 묶었다. 사로잡은 왕자 일행을 말에 태우고

- **북도(北道)** 경기도 북쪽에 있는 도(道). 곧 황해도, 평안도, 함경도를 이르는 말.
- **북병사(北兵使)** 조선 시대 함경도의 '북도 병마절도사'를 줄여 이르는 말.
- **기마병(騎馬兵)** 조선 시대에 말을 타고 싸우던 군대.
- **매복(埋伏)** 상대편의 동태를 살피거나 불시에 공격하려고 일정한 곳에 몰래 숨어 있는 것.
- **협공(挾攻)** 양쪽에서 끼고 공격하는 것.
- **남병영(南兵營)** 조선 시대에 함경도 북청(北靑)에 두었던 남도 병영.

왜적에게 데려가 바치자, 가등청정은 예상대로 크게 기뻐하며 국경인에게 북도의 수령 벼슬을 주고, 다른 사람들에게도 상을 주었다.

이때 왕자 일행 중 이윤탁과 이기 등은 병이 나서 집에 있었던 까닭에 화를 면했고, 남병사 이혼은 왜적을 피해 갑산으로 달아나 있었다. 그런데 이혼 밑에서 갑산 좌수로 있던 주이남은 국경인이 벼슬했다는 소리를 듣고 이렇게 생각했다.

'이런 시절을 이용하지 않으면 다시 어느 때를 기다리리오.'

주이남은 밤이 되길 기다렸다가 모두가 잠이 든 후 품속에 칼을 숨기고 이혼의 방으로 들어갔다. 그러고는 깊은 잠에 빠져 있는 이혼의 머리를 한 칼에 베어 가등청정에게 가져다 바쳤다. 가등청정이 보고 크게 기뻐하면서, 주이남에게 길주 목사 벼슬을 주며 가만히 물었다.

"국경인이 잡아 온 사람 가운데 너와 친한 자가 있느냐?"

주이남이 유영립을 가리키며 말했다.

"전에 죽을 지경에 처했을 때 저 사람이 나를 살려 준 적이 있는데, 지금 그 은혜를 갚고 싶소."

이 말을 듣고 가등청정은 유영립을 풀어 준 뒤 일부러 허술하게 지켰다. 유영립은 그 틈을 타서 도망했다.

• **남병사**(南兵使) 조선 시대 함경도의 '남도 병마절도사'를 줄여 이르는 말.
• **좌수**(座首) 조선 시대에, 지방의 자치 기구인 향청(鄕廳)의 우두머리.

조선, 건국 이래 최대 위기를 맞다

5천 년의 세월이 흐르는 동안 한반도는 무려 천 번이 넘는 외세의 침략에 시달렸습니다.
그런데 그 역사 속에 유래를 찾을 수 없을 만큼 길고 평온한 시기가 있었는데,
바로 조선 왕조의 건국 후부터 임진왜란 전까지 약 2백 년간입니다. 이 길고 특별한
평화 때문에 임진왜란은 조선에 더욱 큰 충격으로 다가왔습니다. 국토가 황폐화되고,
백성들에게 큰 상처를 준 임진왜란의 전개 과정과 그 흔적을 살펴봅시다.

임진왜란의 전개 과정

항전

전국에서 의병이 일어났으며, 이순신이 해상
에서 일본군을 격파해 일본의 식량 보급로를
차단했다. 여기에 명나라 군사 4만 명이 참전
하면서 전세가 역전됐다.

1592년
6월 의병 봉기 시작
7월 한산도 해전
10월 진주성 전투
12월 명나라 군사 참전

1593년
2월 행주산성 전투
4월 한양 수복

전쟁 전야

조선에서 일본에 대한
의견 대립으로 붕당이
갈등을 빚는 사이, 일본
에서는 도요토미 히데
요시가 대륙 침략 준비
를 하고 있었다.

1587년
도요토미 히데요시
일본 통일

1590년
조선 통신사 일본 방문

1차 침략

선조 25년. 일본군 20만 명
이 한반도 남쪽에 상륙하여
북쪽으로 몰려오자 선조 임
금은 피란길에 올랐다.

1592년
4월 일본의 조선 침략
4월 부산·동래·충주 함락
5월 한양 함락

임진왜란의 흔적

선조의 한글 교서

선조 26년(1593)에 의주에 피란 가 있던 선조 임금이 백성들에게 내린 교서이다. 여기에는 어쩔 수 없이 왜적에게 협조하거나 붙들려 간 백성에게는 죄를 묻지 않을 것이며, 왜적을 잡아 오거나 정보를 알아오면 천민, 양민을 가리지 않고 벼슬을 내린다는 내용이 한글로 적혀 있다.

지하철 공사장에서 발굴된 전쟁 유물

2007년 부산 수안역 공사장에서 임진왜란 유물이 발굴됐다. 이곳은 조선 시대에 동래성의 방어를 위해 성 주변에 둘러 판 연못, 해자가 있던 자리였다. 여기에서 무더기로 발굴된 갑옷, 칼, 창, 어린이와 여자의 유골과 칼자국이 선명한 두개골 등은 당시의 참상을 잘 보여 준다.

교토에 위치한 이총

이총(耳塚)은 임진왜란 당시 왜적에게 죽임을 당한 조선 군사들과 양민 12만 6천여 명의 귀와 코가 묻힌 무덤으로, 일본 교토의 도요토미 히데요시 사당 앞에 있다. 왜적은 전과를 보고하기 위해 사로잡은 조선인의 머리를 베어 일본에 보냈는데, 점점 그 수가 늘어나자 귀와 코만 잘라 소금에 절여 보냈다.

휴전

약 3년에 걸쳐 명나라와 일본 간에 강화 회담이 진행되면서 휴전됐다.

1593년
7월 강화 회담 시작

2차 침략

강화 회담이 실패로 돌아가자, 일본은 병력 14만 명을 앞세워 조선을 재침략했다. 이때는 조·명 연합군과 이순신이 함께 막아 냈다.

1597년
1월 일본의 조선 재침략
2월 이순신 투옥
7월 칠천량 해전
9월 직산 전투
10월 명량 해전

종결

도요토미 히데요시의 사망으로 일본군이 철수해 사실상 전쟁은 종결됐다.

1598년
8월 도요토미 히데요시 사망
11월 노량 해전
12월 명군·일본군 철수

명나라에 구원을 청함이 어떨까 하나이다

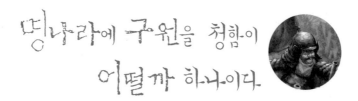

한편 경상도 순변사 이일은 충청도로 갔다가 다시 강원도 원주로 와서 군사를 모으려 했다. 그러나 고을마다 모두 텅 비어 있어 할 수 없이 북도로 향했다. 함경도 일대는 이미 가등청정의 군사가 진을 치고 빈틈없이 지키고 있었다. 이일은 다시 방향을 바꾸어 갑산을 거쳐 평안도를 넘어 평양으로 갔다. 다 떨어진 의복에 해진 전립을 쓰고 장검 한 자루만 손에 쥔 초라한 행색이었다. 선조 임금은 이일을 가까이 불러 그동안의 일을 자세히 듣고는 한탄했다. 유성룡이 이일에게 말했다.

"장군! 그대는 군사를 거느리고 만경대 아래 여울을 굳게 지키시오."

이일이 명령에 따라 군사를 거느리고 가다가 그만 길을 잃고 말았다. 마침 평양 좌수 김윤을 만나 길을 물어 만경대 아래 여울목을 찾아갔는데, 왜장 평수맹이 군사를 거느리고 여울을 건너려 하고 있었다. 이일은 서둘러 강변에 진을 치고 군사들에게 활을 쏘라고 명령했다. 하지만 군사들은 지레 겁을 먹고 활을 쏘지 못했다. 이를 본 이일이 화가 치밀어 군졸 한 명의 목을 베니, 군사들은 놀라서 활을 쏘기 시작했다. 이일 또한 활을 쏘니 맞아 죽는 왜적이 무수히 많았다. 평수맹이 끝내 당해 내지 못하고 물러가자, 이일은 그곳에 머무르며 굳게 지켰다.

이때 평행장은 군사를 거느리고 평양 근처에 있는 양임 어귀에 진을 치고 있었다. 봉산, 황주와 정방산성의 창고에 쌓여 있는 곡식을 가져다가 군량미로 삼고, 한양에 남아 있는 왜적에게 군사를 더 요청해 평양을 치려고 했다. 왜적의 움직임을 살피던 정탐꾼이 이 사실을 알아채고 즉시 평양으로 달려와 선조 임금에게 보고하자, 옆에서 이를 듣던 여러 신하가 임금에게 아뢰었다.

"전하! 왜장 평행장이 양임에 머무르면서 사람을 한양에 보내 군사를 더 청한다는 것은 반드시 이 성을 공격하려 한다는 뜻이옵니다. 지금 왜적의 세력이 강하고 기세가 날카로우니 피하는 것이 상책이옵니다. 평양을 버리고 의주로 들어가는 것이 어떨까 하나이다."

유성룡이 또 아뢰었다.

"전하! 한양은 민심이 먼저 떠났기에 지키지 못했지만 이곳의 민심은 아직 우리에게 있으니 능히 지킬 수 있을 것입니다. 또 명나라와 가

● **전립**(戰笠) 무관이 쓰던 모자의 하나.

까우니 구원병을 청하여 적을 물리칠 수 있사옵니다. 일단 의주로 들어가 다시 의논함이 마땅할 듯하옵니다."

선조 임금이 듣고 옳다고 여겨 명령을 내렸다.

"먼저 의주로 들어가서 명나라에 구원을 청하라."

임금은 김명원과 이원익을 평양에 머무르게 하여 성을 지키도록 하고, 보통문을 나와 의주로 향했다. 판부사 노직도 대가를 따라가고 있었는데, 성안의 백성들이 이를 보고 노직을 꾸짖었다.

"힘을 다하여 이 성을 지키지 않고, 우리를 버리고 어디로 가느냐?"

성난 백성들이 막대기를 들고 마구 덤벼드니, 노직이 말에서 떨어져 중상을 입고 말았다. 따르던 종들도 백성들의 기세가 무서워 감히 막지 못했다. 평안 감사 송언신이 군사를 호령하여 소동을 부린 괴수를

잡아 목을 베고 나서야 모였던 백성들이 흩어졌다.

대가는 다시 출발하여 박천 근처에 이르렀다. 청천강을 건너는 중에 갑자기 광풍이 크게 일어나더니 큰비가 쏟아지면서 물이 불어 다리가 무너져 내렸다. 강을 건너다가 물에 빠져 죽는 자가 부지기수였고, 선조 임금도 강 가운데서 위태로운 상황에 처했다.

그때 어떤 사람이 호송군을 헤치고 달려 나오더니, 물 위를 평지처럼 걸어가 임금을 구해 서쪽 언덕으로 모셨다. 그리고 다시 강으로 가서 한 옆구리에 두세 명씩 끼고 건너기를 여러 번 하여 모든 신하와 호송군을 무사히 구해 냈다. 선조 임금이 그 모습을 보고 불러 이름을 묻자, 그가 대답했다.

"신은 황해도 재령에 사는 최흥육이옵니다."

선조 임금이 기특히 여겨 최흥육에게 박천 군수 벼슬을 내렸다. 그후에 용천 부사로 벼슬을 높여 주고, 또 하수군의 작위를 내렸다.

선조 임금이 박천에 들어가 평양 소식을 듣고 있는데, 홀연 함경 감사 유영립이 와서 임금에게 뵙기를 청하고는 울면서 아뢰었다.

"전하! 아뢰옵기 황공하옵니다. 두 왕자와 모든 대신이 회령 아전 국경인에게 속아 왜장 가등청정에게 사로잡혔사옵니다. 그런데 주이남이라는 자가 남병사 이혼의 목을 베어 가등청정에게 바치고 벼슬을 얻은 후 신을 놓아주게 했습니다. 신이 도망하여 오다가 길에서 들으니 가등청정은 두 왕자를 일본으로 보내려 한다고 하옵니다."

선조 임금은 이 청천벽력 같은 말에 그만 통곡했다.

이때 평행장과 평조신은 군사를 옮겨 대동강에 한 일(一) 자로 길게 진을 치고 강을 건너려 하고 있었다. 이를 막기 위해 윤두수와 김명원 등이 연광정에 모여 의논을 했다. 송언신에게 대동문을, 윤옥후에게 강경문을, 성안의 백성들에게 성첩을 지키게 한 다음 대포를 쏘아 한층 위엄을 세웠다. 왜적은 차마 가까이 접근하지는 못하고 언덕에서 총만 쏘며, 이십여 일 동안 의논했다. 평행장이 먼저 입을 열었다.

"배가 없어 강을 건너기 어렵고, 각 요새마다 조선군이 굳게 지키고 있어 물리치기가 쉽지 않소. 어서 군사를 돌려 샛길을 따라 평양을 지난 뒤 압록강으로 가서 마다시, 심안둔과 힘을 합치는 것이 상책이오."

이에 평조신이 대답했다.

"먼저 몰래 얕은 여울을 찾아 건너 성을 공격하고, 만일 이기지 못하면 다시 의논합시다."

두 장수는 신중하게 대책을 의논했다.

한편 김명원은 오랫동안 왜적과 대치하다가 하루는 성에 올라 왜적의 동향을 살펴보았다. 왜적은 군사를 십여 곳에 나누어 머무르게 하면서 굳게 지키고 있었다.

'적병이 오랫동안 움직이지 않고 있는 것은 분명히 구원병을 기다리기 때문이리라. 이 틈을 타서 밤에 몰래 건너가 급히 치면 반드시 크게 승리를 거두리라.'

이렇게 생각하고 김명원은 곧바로 영월 군수 고언백과 벽단 첨사 임수성을 불렀다.

"그대들은 오늘 밤에 군사를 이끌고 강을 건너가서 적진을 몰래 습격하시오."

두 장수는 군사를 이끌고 부벽루 아래쪽의 능라도를 건너 적진에 이르렀다. 첫 번째 진영을 둘러보니 모두 깊이 잠들어 있었다. 고언백과 임수성이 일시에 짓쳐 들어가자, 왜적은 뜻하지 않은 변에 갈팡질팡하며 사방으로 달아났다. 고언백이 크게 이기고 말 수백여 필을 빼앗아 돌아오려고 할 즈음이었다. 갑자기 사방에서 대포 소리가 울리더니 횃불이 일어나 하늘에 가득 찼다. 동시에 십여 곳으로 나누어 머무르고 있던 왜적이 한꺼번에 일어나 공격해 왔다. 고언백은 갑작스런 왜적의 공격에 크게 패하여 뒤로 물러났다. 군사를 이끌고 강변으로 되

● **작위**(爵位) 벼슬과 지위를 함께 이르는 말.

돌아와 배에 오르려 했지만 이미 왜적이 가까이 와 있었다. 당황한 조선 군사들이 우왕좌왕하며 배를 강변에 대지 못하자, 물에 빠져 죽는 자가 셀 수 없이 많았다. 목숨을 건진 조선 군사들이 서로 다투면서 황정탄 여울로 건너가자 왜적은 그제서야 그쪽이 얕은 줄 알아채고 대군을 몰아 여울을 건너 쫓아왔다. 고언백이 남은 군사를 거두어 여울을 굳게 지키려 했으나 끝내 막지 못하고 달아났다.

왜적이 강을 건너자 윤두수와 김명원이 병기와 화포를 물에 던져 버리고 보통문으로 빠져나와 순안으로 달아났다. 평행장과 평조신은 성안으로 들어가 백성은 해치지 않고 군기와 군마를 거두어들인 다음, 창고에 쌓아 놓은 곡식을 풀어 군사들을 배불리 먹였다.

윤두수와 김명원이 행재소에 이르러 평양성이 무너졌다고 아뢰자, 선조 임금은 크게 놀아 황급히 박천을 떠났다. 가산, 정주, 선천을 거쳐 의주에 이르자 선조 임금은 한숨을 쉬며 자신의 처지를 한탄했다.

"선왕이 세운 지 이백 년 된 나라를 버리고 도망하여 여기까지 이르렀으니 장차 어디로 가리오?"

선조 임금은 모든 신하와 더불어 대책을 의논했다. 유성룡과 이항복이 아뢰었다.

"명나라에 사신을 보내어 구원을 청함이 어떨까 하나이다."

선조 임금은 이를 옳다고 여겨 즉시 명나라에 사신을 보냈다. 사신은 압록강을 건너 명나라 조정에 들어가, 예부 상서를 만나 구원병을 요청하는 청병서를 올렸다. 예부 상서가 청병서를 황제에게 올리자 황제는 조선 사신을 가까이 불러 자세한 사연을 듣고, 모든 신하를 불러 모아 명령을 내렸다.

"조선을 구원할 대장을 정하라!"

병부 상서가 앞으로 나서며 아뢰었다.

"폐하! 요동 도독 조승훈이 지혜와 용기를 겸비했고, 마침 요동은 조선과 가까우니 조승훈을 보내는 것이 좋을 듯하옵니다."

황제는 그 말을 옳게 여겨, 조승훈에게 조서를 보내 조선을 구원하라고 명했다. 또한 곽문정과 사유에게 조승훈을 도우라 하고, 은 이만

- **행재소(行在所)** 임금이 궁을 떠나 멀리 나갈 때 머무르던 곳.
- **청병서(請兵書)** 군대에 지원을 청하거나 출병하기를 청하는 내용의 편지.
- **도독(都督)** 중국에서 군정(軍政)을 맡은 지방 관청.
- **조서(詔書)** 임금의 명령을 일반에게 알릴 목적으로 적은 문서.

냥을 선조 임금에게 보내 군수 물자를 보충하게 했다.

조승훈은 곧 군사 오천 명을 뽑아 조선으로 향했다. 천병이 온다는 소식이 의주에 전해지자, 유성룡은 정주, 곽산, 선천 등 각 지역에 전령하여 군사를 모으고, 양식을 준비하고, 압록강에 임시로 다리를 놓아 천병이 건널 수 있게 했다. 이윽고 조승훈이 군사를 거느리고 압록강을 건너 의주에 도착했다. 선조 임금은 친히 성 밖으로 나와 맞이하며, 천병에게 음식을 주어 위로하고 나서 조승훈에게 말했다.

"대장군은 왜적을 토벌하여 조선을 보전하게 하소서."

조승훈이 그러겠노라 대답하고 순안에 이르러 잠깐 쉰 다음, 이튿날 바로 평양으로 향했다. 행군하던 중, 비바람이 크게 일어나자 조승훈은 군사를 머무르게 하고 비가 그치기를 기다렸다. 밤 삼경이 되어

서야 비바람이 그쳤다. 조승훈이 다시 군사들을 이끌고 평양성에 이르러 살펴보니 지키는 군사가 한 명도 없었다. 아무런 저항을 받지 않고 칠성문으로 들어갔지만 갈수록 길이 좁아지고 날은 어두워 말이 쉽게 전진하지 못했다.

그때 갑자기 어디선가 땅을 흔드는 대포 소리가 나면서 사방에 매복하고 있던 적병이 고함을 지르며 일어나 어지럽게 조총을 쏘아 댔다. 왜적은 천병이 온다는 소리를 듣고 꾀를 내어 일부러 성이 빈 것처럼 꾸미고 성안에 숨어 있었던 것이다. 총탄이 비 오듯 쏟아지는 가운데 천병이 수도 없이 죽어 갔다. 조승훈은 황급히 군사를 되돌려 안주로 돌아오자마자 역관을 불렀다.

"우리 군사가 적병을 많이 죽였으나 비가 내리는 바람에 모두 멸하지는 못했다. 이제 군사를 잠깐 쉬게 하려 하니, 너희 나라 체찰사에게 압록강의 임시 다리를 헐지 말라고 전하라."

조승훈은 이렇게 명령을 하고 급히 말에 올라탔다. 말을 달려서 청천강을 건너 공강정에 이르러서야 군사들을 머물게 하고 진영을 세웠다. 며칠이 지나도 비가 그치지 않자 조승훈은 잠시 비를 피한다는 핑계를 대고 요동으로 돌아갔다.

• **천병(天兵)** 천자(天子)의 군사를 제후의 나라에서 일컫는 말로 여기서는 명나라 군사를 말한다.
• **전령(傳令)** 명령이나 고시 따위를 전해 보내는 것.
• **삼경(三更)** 하룻밤을 다섯으로 나눈 셋째 부분으로, 밤 열한 시에서 새벽 한 시 사이를 이르는 말.
• **역관(譯官)** 통역을 맡아보는 관리.

북쪽에는 김응서, 남쪽에는 이순신이 일어나고

한편 김명원과 이일, 이원익은 다시 군사를 모아 평양성을 공격하기로 하고, 이일을 선봉장으로 삼아 북과 나팔을 울리며 성문을 향해 나아갔다. 평행장은 조선 군사가 성문 가까이 오는 것을 보고 부장 종일을 불러서 나가 싸우게 했다. 종일이 군사를 이끌고 나와 이일과 십여 차례 칼을 마주친 끝에 이일이 패하여 달아났다. 종일은 이일의 뒤를 쫓다가 놓치자 대신 이원익을 공격했다.

이원익 또한 종일에게 패해 군사를 다 잃고 거의 잡힐 지경이었는데, 문득 한 도인이 나타나 소매 안에서 복숭아나무 막대기를 꺼내 휘둘렀다. 또 백옥 호리병을 공중에서 기울여 피 같은 물을 쏟아 적진에 뿌렸다. 그러자 왜적은 손을 마음대로 놀리지 못했고, 발은 땅에 붙어 버렸다. 이원익은 도인이 누구인지 자세히 보려고 했지만, 이미

온데간데없이 사라지고 없었다. 그 사이에 왜
장 종일은 군사를 다 잃고 황급히 성안으로 돌
아가 성문을 굳게 닫고 나오지 않았다. 간신히
목숨을 건진 이원익은 남은 군사를 거두어
진영으로 돌아와 여러 장수들에게 말했다.

"종일은 천하의 명장이오. 종일과 맞설
수 있는 사람이 있어야 왜적을
물리칠 수 있을 것이오."

한 군사가 아뢰었다.

"소인의 동네에 한 양반이 있는데, 이름은 김응서라 하옵니다. 이
양반은 아주 용맹스럽습니다. 하루는 큰 호랑이가 담을 넘어와 개를
물고 달아나려 하자 공중으로 솟구쳐 오르더니 호랑이 꼬리를 잡은
후 다시 목덜미를 잡아 땅에 내던졌습니다. 그러자 호랑이가 땅에 곤
두박질쳐 죽었으니, 김응서야말로 참으로 세상에 드문 장사이옵니다."

이원익이 듣고 크게 기뻐하며 말했다.

"그대가 사는 곳은 어디인가?"

"평안도 용강이옵니다."

이원익은 직접 말을 타고 용강으로 달려갔다. 그리고 김응서를 만나
왜장 종일의 용맹함을 이야기하고는 같이 가서 왜적을 없애자고 말했
다. 그러자 김응서가 대답했다.

"저는 재주가 없을 뿐만 아니라 지금은 아버지 초상을 치르는 중이
라 떠나기가 어렵습니다."

"아버지의 초상이 중요하긴 하나, 나라가 위태로운데 어찌 개인 사정만 돌아볼 수 있겠소?"

이원익이 이토록 간곡히 청하자 김응서는 더 이상 거절할 수 없었다. 할 수 없이 상복을 벗고 영전 앞에서 통곡한 후, 이원익을 따라나섰다. 진중에 이르자 이원익은 김응서에게 보검을 주면서 연습을 하라고 했다. 하루는 김응서가 이원익에게 말했다.

"장군! 제가 오늘밤에 평양성을 넘어 들어가 종일의 목을 베어 오겠나이다. 장군께서는 군사를 이끌고 성 밖에 매복해 있다가 제가 위태로워지면 구하소서."

김응서는 이원익과 굳게 약속한 후에 비수를 감추고 성안으로 몰래 들어갔다. 성을 지키는 군사들은 졸고 있었다. 김응서는 발소리를 죽이며 군막을 지나 종일의 방 근처에 이르렀다.

문을 지키는 군사 십여 명은 큰 칼을 좌우에 세우고 잠들어 있었다. 김응서는 칼을 뽑아 이들을 차례로 베고 문을 넘어 갔다. 종일의 방 주위는 등불을 켜 놓아 훤했지만 사람은 보이지 않았다. 김응서가 상황을 살피느라 잠시 주저하고 있는데, 마침 수청 들던 기생이 방에서 나오다가 김응서를 보고 크게 놀라 말했다.

"그대는 누구인데 이렇게 위험한 곳에 들어왔소?"

"쉿! 조용히 들어라! 나는 이원익 장군의 부장인데, 왜장 종일을 죽이려고 들어왔다. 너도 조선 사람이니 나라를 위해 종일의 움직임을 살핀 후 내게 자세히 이르라."

"알겠나이다. 장군! 잘 들으소서. 종일은 뜻밖의 침입에 대비하여 거처하는 곳의 사방에 방울을 달아 놓았습니다. 조금만 움직여도 방울 소리가 굉장히 요란하게 울립니다. 그리고 이놈은 잠이 들어도 삼경 전에는 귀로만 자며 눈으로 보고, 삼경 후에는 눈으로만 자며 귀로 듣고, 사경이 되어야 귀와 눈이 모두 잠들지요. 제가 먼저 들어가 이놈이 잠들었는지 보고, 방울을 솜으로 막고 나오면 그때 장군이 들어가소서."

기생은 방에 들어가더니 한참 만에 다시 나왔다. 김응서가 안으로

들어가 보니 종일이 술에 취한 채 양손에 긴 창과 칼을 잡고 침상에 누워 자고 있었다. 김응서는 날쌔게 칼을 들어 종일의 머리를 한 번에 찍고 몸을 날려 들보 위에 올라앉았다. 머리가 떨어진 종일이 분한 기운에 몸을 일으키며 손에 잡은 칼을 휘둘러 들보를 쳤다. 김응서의 군복 자락이 칼에 맞아 찢어져 떨어지는 동시에 종일의 머리와 몸도 침상 아래로 거꾸러졌다. 잠시 후에 잠잠해지자 김응서가 들보에서 뛰어내려와 종일의 죽음을 확인했다. 그리고 머리를 손에 들고 나오려 하는데, 기생이 김응서를 잡고 말했다.

"장군께서는 어찌 저를 죽을 곳에 두고 가려고 하십니까?"

기생이 울면서 끝까지 따라 나오려고 하자 김응서는 이를 불쌍히 여겨 데리고 나왔다. 이때 마침 성안을 순찰하던 군사들이 김응서를 발견하고는 일시에 횃불을 높이 들고 창과 칼을 휘두르며 고함을 쳤다. 김응서가 기생을 보고 말했다.

"너는 죽어도 내 손을 놓지 말아라."

그러고는 한 손으로 기생의 손을 잡고 또 다른 한 손으로는 칼을 휘둘러 왜적을 헤치면서 성벽에 이르렀다. 그때 어디선가 평의지가 나타나 칼을 들고 달려들며 외쳤다.

"네가 간사한 꾀로 우리 장수를 죽이고 어찌 감히 살아 돌아갈 생각을 하느냐?"

김응서는 이를 맞아 힘을 다해 싸웠다. 김응서의 칼이 번쩍이는 곳마다 왜적의 머리가 가을철 낙엽같이 떨어지자, 평의지는 당해 내지 못할 것을 깨닫고 물러났다. 김응서는 이 틈을 타 얼른 성벽을 넘으려 했다. 하지만 아무리 용맹한 김응서라도 기생을 옆에 데리고 수많은 왜적들과 싸우는 데 지치지 않을 수 없었다. 기력이 다한 것을 느낀 김응서는 허리에 둘렀던 전대를 기생의 허리에 매어 주며 먼저 성벽 위로 넘기려고 했다. 이때 갑자기 평수맹이 나타나 한칼에 기생을 베고 곧바로 김응서에게 달려들었다. 머리끝까지 화가 치밀어 오른 김응서가 평수맹을 한칼에 베어 버리자, 왜적은 사방으로 뿔뿔이 흩어져 달아났다. 김응서는 왜적 수십 명을 베고 성 밖으로 나왔다.

이원익의 부장 안일봉이 가까운 곳에서 매복하고 있다가 김응서를 맞이하여 함께 진중으로 돌아왔다. 이원익은 크게 기뻐하며 김응서의 공을 치하하고 종일의 머리를 깃대에 높이 매달았다. 진중의 모든 장졸이 즐거워하는 소리가 적진에까지 울려 퍼졌다.

한편 전라도의 정읍 현감으로 있던 이순신은 전라도 수군을 지휘하는 전라 좌수사가 되어 수영에 부임했다.

이순신은 이미 오래전에 왜란이 일어날 것을 예상하고 전투에 사용할 배 사십 척을 만들었다. 뱃머리는 거북 머리 모양을 본떠 만들고 배 위에는 철판을 입혔다. 좌우에는 구멍을 뚫어 화살과 포를 쏘았는데, 그 모습이 마치 거북 같아서 '거북선'이라고 이름 붙였다. 이순신은 거북선을 이끌고 매일 바다에서 전투 훈련을 하며 침략에 대비했다.

• 들보 칸과 칸 사이의 두 기둥을 건너지르는 나무.
• 전대(纏帶) 돈이나 물건을 넣어 허리에 매거나 어깨에 두르기 편하도록 만든 자루.
• 현감(縣監) 조선 시대의 지방 행정 구역인 현(縣)의 수령.
• 수영(水營) 조선 시대에 수군절도사가 있던 군영.

이때 조선을 침략한 왜적이 먼저 경상도를 공격했다. 경상 우수사 원균은 왜적에게 패하자 급히 전라도 수영에 군관 이영남을 보내 구원을 청했다. 이순신은 부하 장수들을 모아 놓고 대책을 의논했다. 군관 송희립이 말했다.

"경상도를 지키지 못하면 전라도를 어찌 보전할 수 있겠소?"

이순신이 대답했다.

"자네 말이 옳다."

이순신이 즉시 이억기와 함께 배를 이끌고 나가 견내량에 이르자, 왜적의 배 수백 척이 눈에 들어왔다. 이들을 이끄는 왜장은 마다시와 심안둔이었다. 이순신이 이를 보고 말했다.

"이곳은 물이 얕고 좁으니 적을 넓은 바다로 유인해서 싸우리라."

이순신이 두어 번 싸우다가 거짓으로 패한 척하며 배를 몰아 넓은 바다로 달아나자, 이를 놓칠세라 왜적이 뒤를 바짝 쫓았다.

탁 트인 넓은 바다에 이르자 이순신은 갑자기 배를 돌리고 군사들을 호령해 왜적의 배를 향해 화살과 화포를 쏘았다. 바다를 흔드는 화포 소리와 함께 연기와 불꽃이 하늘에 가득 찼다. 수많은 왜적이 죽고 배가 부서졌다. 이순신도 활을 들어 무수한 왜적을 쏘아 죽였다. 쏟아지는 화살 속에서 왜적은 갈팡질팡하며 황급히 배를 돌려 달아났다. 이순신은 명량도에 이르러 승리한 군사들에게 상을 내렸다.

이때 본진에 있던 마다시의 아우 마득시는 형의 죽음을 보고 분한 기운을 이기지 못해 군선을 다 거느리고 이순신 진영 앞에 와서 싸움을 걸었다. 이에 맞서 이순신이 군사들에게 호령하여 불화살을 쏘아

왜적의 배에 불을 지르니, 마득시가 놀라 급히 배를 돌려 달아났다. 이
순신은 또다시 승리의 북을 울리면서 본진으로 돌아왔다.

하루는 이순신이 부하 장수들에게 말했다.

"오늘은 동남풍이 부니 틀림없이 왜적이 몰래 들어와 배에 불을 놓
으려 할 것이다. 우리가 준비하고 있다가 모두 무찌르자."

그러고 나서 정운을 따로 불러 말했다.

"그대는 군선 십여 척을 거느리고 나가되, 풀로 인형을 많이 만들어
배에 실어 놓아라. 거기에 방패를 세운 후에 깃발을 꽂고, 전에 싸우
던 곳에 배를 대고 머물러 있어라."

또 이억기에게 말했다.

"그대는 군선 오십 척을 거느리고 십 리 밖으로 나가라. 거기에 있는
작은 섬에 매복했다가 왜적이 노량도에 이르면 불시에 공격하라."

명령을 받은 장수들은 각각 배를 거느리고 나가 싸움에 대비했다.

이날 밤, 이순신의 말대로 마득시는 동남풍이 일어나는 것을 보고
크게 기뻐하며 작은 배 수십 척을 준비했다. 배마다 마른풀을 가득
싣고, 화약을 준비하여 삼경쯤 배를 몰고 나갔다. 마득시는 조선 군선
십여 척을 발견하고 힘을 다해 공격했으나 배에서는 아무런 기척이 없
었다. 문득 의심이 일어 가까이 가서 자세히 보니, 배 위에 있는 것은
모두 풀로 만든 인형이었다. 그제서야 함정에 빠진 줄 안 마득시는 급

● 우수사(右水使) 전라도와 경상도의 각 우도(右道)에 둔 군영의 으뜸 벼슬.

69

히 배를 돌렸다. 그때 갑자기 등 뒤에서 복병이 달려들며 화포와 불화
살을 쏘아 댔다. 마득시는 이미 화살과 총탄을 다 써 버렸기 때문에
제대로 대항해 보지도 못했고, 군사들은 태반이나 죽었다.

마득시가 놀라고 당황하여 남녘으로 급히 달아나려고 하는데, 한
군선이 또 달려들었다. 배에 매달려 펄럭이는 깃발에는 '조선 수군대
장 이순신'이라고 쓰여 있었다. 마득시가 이를 보고 더욱 황망했으나
피할 곳이 없었기 때문에 할 수 없이 이순신을 맞아 죽기를 각오하고
싸웠다.

이순신은 적선에 뛰어올라 적병을 무수히 죽였다. 그러고는 마득시
를 베려고 하는 찰나, 어디선가 날아온 총탄에 왼쪽 어깨를 맞아 중
상을 당했다. 이순신이 황급히 배로 돌아와 군사를 거두자 마득시는
이를 틈타 거제로 달아났다.

이순신이 본진에 돌아와 갑옷을 벗어 보니 어깨에 총탄 두어 개가
박혀 있었다. 이순신은 독한 술 네댓 잔을 마신 후에 부하 장수에게
잘 드는 칼로 살을 헤쳐 총탄을 빼내도록 했다. 날카로운 칼이 자신의
어깨를 파고드는데도 불구하고 이순신은 얼굴색 하나 변하지 않고 태
연하게 앉아 담소를 나누었다. 총탄을 빼낸 후에 여러 장수가 몸조리
를 하라고 청하자 이순신이 대답했다.

"대장부가 어찌 조그마한 상처로 몸조리를 하리오?"

이순신은 곧바로 여러 장수를 거느리고 한산도로 나아가 진을 치
고, 조정에 첩서를 올렸다. 선조 임금이 보고 크게 기뻐하면서 이순신
의 벼슬을 높여 주었다.

그 후에도 그는 한산도에 진을 치고 매일 군사 훈련을 했다. 하루는 의자에 기대 잠깐 졸고 있는데, 한 노인이 다가와 소리쳤다.

"장군은 어찌하여 이렇게 잠을 곤히 자고 있는가? 왜적이 지금 쳐들어오니 빨리 대비하라."

이순신이 깜짝 놀라 깨어나니 꿈이었다. 서둘러 진영을 살펴보니 군사들은 모두 깊이 잠들어 있었다. 이순신은 급히 북을 울려 군사들을 깨우면서 말했다.

"왜적은 간사하기 때문에 우리가 방비하지 않는 틈을 타서 몰래 습격할 것이다. 너희들은 무기를 준비하고 대비하라."

잠시 후, 왜적이 군선을 이끌고 조선의 진영 가까이 다가왔다. 이를 발견한 조선 수군은 대포를 쏘아 올려 이 사실을 전군에게 알렸다.

다른 배에서도 이에 응답하여 대포를 쏘며 서둘러 왜적과 싸울 준비를 했다. 왜적은 조선 수군의 대비가 이토록 철저한 것을 보고 배를 돌려 달아나기 시작했다. 이순신이 이를 놓치지 않고 뒤따라가 적선 십여 척을 격파하고 왜적 백여 명의 머리를 베자, 왜적은 더 이상 조선의 바다로 나오지 못했다.

도적도 승려도
나라를 위해 의병이 되고

한편 가등청정은 함경도에 진을 치고 조선 백성을 마음대로 죽였는데, 이를 막을 자가 없었다. 북병사 정문부는 이를 피해 도망쳐 백두산에 숨어 있었다. 그는 의병을 일으켜 싸우고 싶었지만 함께할 사람이 없어 뜻을 이루지 못하고 밤낮으로 한탄하다가 문득 생각했다.

'산속으로 피란한 사람 가운데 의로운 사람이 있을 것이다. 그들을 찾아서 함께 일을 도모하리라.'

이날부터 정문부는 뜻이 맞는 사람을 찾아 나서서 백두산 곳곳을 돌아다녔다. 어느 날 정문부는 장정 수백 명이 소를 잡고 술을 장만해 잔치를 벌인 곳을 지나게 되었다. 그가 가까이 다가가 예를 갖추어 인사하고 말했다.

"나라가 난리를 당했는데 그대들은 어찌 술을 마시며 즐겁게 잔치를 벌일 수 있소? 나는 북병사 정문부라는 사람이오. 나라를 위한 충의가 있는 사람을 찾아 돌아다니다가 다행히 그대들을 만났소이다. 이렇게 만난 것도 다 하늘의 뜻이 아니겠소? 그대들도 조선 백성이니 사실은 마음속에 분한 마음을 품고 있을 것이오. 나와 더불어 충성을 다하여 나라를 구하러 나가는 것이 어떻겠소? 한 사람의 힘으로는 성공하지 못하나, 우리가 힘을 합치면 산신령도 도울 것이오. 나라가 위태로운 시절에 그저 앉아만 있는 것은 올바른 도리가 아니오. 한번 잘 생각해 보시오."

무리 가운데 고경진이라는 사람은 스스로를 의병장이라고 했는데, 피란해 온 사람을 모아 무리 지어 다니며 백성들 집을 약탈해 하루하루 지내고 있었다. 그는 정문부의 말을 듣고는 부끄러워 말없이 앉아 있었다. 정문부는 더욱 간절하게 권했다.

"옛날 제민왕은 연나라에 패하여 칠십여 성을 잃었으나 백성들이 일어나 충성을 다하여 잃었던 성을 되찾고, 아름다운 이름을 후손에게 전했소. 그대들도 이를 본받는 것이 좋지 않겠는가?"

고경진은 정문부의 말이 충성심으로 가득함을 깨닫고, 그에게 절하며 생사를 함께할 것을 약속했다. 정문부는 크게 기뻐하며 고경진과 함께 피란민을 모았는데, 모인 사람의 수가 오백여 명이었다. 정문부는 이들과 함께 돼지와 소를 잡고 제문을 지어 하늘에 제사를 지냈다.

● **제민왕(齊湣王)** 중국 전국 시대 제나라의 제6대 왕.

조선 북병사 정문부 등이 이제 의병을 일으켜 왜적을 소탕하고 국권을 회복하고자 하나이다. 엎드려 바라옵건대 하늘은 굽어 살피시어, 싸우면 반드시 적을 이기고 공격하면 반드시 적진을 빼앗을 수 있도록 도와주옵소서.

제사를 마치자 강의재라는 사람이 비단 열다섯 필을 내어 여러 깃발을 만들었다. 큰 기에는 '의병장 정문부'라 쓰고, 군사들이 쓴 전립 위에는 '충의' 두 글자를 새겨 붙인 뒤, 무기를 준비하여 회령으로 향했다. 회령을 지키던 왜장 경감로는 조선 군사가 공격해 온다는 소식을 들었으나, 미처 군사를 준비하지 못해 홀로 말 한 필을 타고 황급히 나섰다. 이를 본 회령 백성들이 모두 달려들어 경감로를 죽이고 정문부를 맞아들였다. 정문부는 손쉽게 회령을 되찾고, 각 고을에 격서를 보냈다.

의병장 정문부는 충의로운 사람들과 함께 함경도 일대를 되찾고 왜적을 물리쳐 종사를 받들고자 하니, 이 글을 보는 사람은 기회를 보아 동참하라.

그러고 나서 창고를 열어 굶주린 사람들에게 나누어 주었다. 이 소문을 듣고 피란한 백성을 비롯하여 많은 사람이 정문부가 있는 곳으로 모여드는데, 그 수를 셀 수 없을 정도였다.

이때 회계 첨사 고경인이 군사를 이끌고 회령으로 가다가 경성에 들어가 국경인의 목을 베고 밤낮으로 행군하여 함흥에 이르렀다. 또한 갑산 부사 이유익이 군사를 모집해 와서 정문부와 합하자 그 수가 이만여 명이 넘었다.

정문부의 의병군이 먼저 함흥에 이르러 성을 에워쌌다. 그리고 여러 장수가 미리 약속한 대로 공격하기 시작했다. 군사 한 무리가 남문을 향해 대포를 쏘면 다른 군사들이 북문으로 달려들고, 서문에서 일제히 소리를 지르면 동문에서 불을 질렀다.

성안에 있던 가등청정은 뜻밖의 공격에 크게 놀라 동문으로 달아났다. 그러나 동문을 나서자마자 밖에 있던 정문부가 호령하며 달려들었다. 가등청정이 혼비백산하여 다시 성안으로 들어가려 했지만, 이미 백성들이 들고일어나 문을 굳게 닫아 걸고 남은 왜적을 다 죽였다. 가등청정은 더욱 놀라고 황망하여 서북쪽으로 달아났다. 정문부는 성안으로 들어가 성문을 굳게 닫고 지키면서 백성들을 위로했다.

한편 왜장 선강정은 회양에 머무르며 이 마을 저 마을에서 노략질을 하다가 금강산 유점사로 들어갔다. 선강정은 절 안에 있는 모든 승려를 모아 놓고 호령했다.

"절에 있는 재물을 다 내놓아라!"

승려들은 놀라서 재물을 내놓았다. 선강정이 이를 가져가려고 할 때, 문득 한 승려가 들어와 인사를 했다. 호랑이 같은 눈에 긴 수염을 한 평범하지 않은 승려였다. 선강정이 답례를 하자 그 승려가 소매에서 꾸러미 하나를 꺼내며 말했다.

"소승은 이 절에 있는 유정입니다. 산속에 별미가 없어 이 송백차를 드리니, 장군은 거절하지 말고 받으소서."

"고맙소. 내가 보기에 그대는 평범한 승려가 아닌 듯하오."

선강정이 같이 절에서 내려가자고 하자 유정은 이를 허락했다. 선강정은 유정을 가등청정에게 데리고 가서 소개했다.

"이 중은 평범치 않으니 곁에 두고 큰일을 의논하소서."

가등청정은 예의를 갖추어 유정을 대접했다.

하루는 유정이 가등청정에게 물었다.

"일본은 조선과 가까운 나라인데, 어찌하여 침략한 것이오?"

"조선이 우리의 명을 따르지 않아 이 지경에 이르렀으나, 지금이라도 명나라를 치고 일본을 섬기면 다시 침략하지 않으리라."

"명나라는 천자의 나라요, 일본은 반역을 한 도적이라. 어찌 명나라

* 혼비백산(魂飛魄散) 몹시 놀라 넋을 잃는다는 뜻.

를 배반하고 도적을 섬길 수 있으리오?"

이 말에 가등청정은 화가 치밀어 올라 곁에 있는 군사들에게 유정의 머리를 베라고 명령했다. 군사들이 달려들어 잡아 묶었으나 유정은 조금도 두려워하지 않으며 말했다.

"나의 한마디 말에 화를 내니 장군은 참으로 소인이로다."

유정은 말을 마치고 태연히 걸어 나갔다. 가등청정이 그 모습을 바라보다가 유정의 소매를 이끌고 장막 안으로 들어와 사죄했다. 유정 또한 다시 공손히 예를 갖추었다.

이튿날, 유정이 가등청정에게 말했다.

"들리는 소문에 선강정이 삭령으로 간다고 하는데 그 말이 사실이오? 삭령으로 간다면 반드시 경기 감사 심대를 죽일 것이로다. 내 평소에 심대와 친하게 지내던 사이이니, 내가 가서 구하고자 하오."

"그대는 이곳에 있으면서 어찌 그것을 아는가?"

"대장부가 만 리 밖 일은 헤아리지 못해도 천 리 밖 일이야 어찌 모르겠소?"

가등청정은 그 말을 믿지 않았다. 그런데 얼마 지나지 않아 선강정이 심대의 목을 베었다는 첩서가 도착했다. 가등청정이 이를 보고 크게 놀라 말했다.

"그대는 평범한 중이 아니로다. 군중에 머물러 있는 것이 옳지 않으니 절로 돌아가 불도에 힘써라."

이에 유정은 비로소 가등청정과 이별하고 유점사로 돌아와 승려들을 모아 놓고 말했다.

"우리가 비록 중이지만 조선의 백성이다. 왜적이 쳐들어와 나라가 불행하니 나는 이제 당당히 나가 왜적을 무찔러 나라의 은혜를 갚으려 한다. 너희는 마땅히 나를 따르라. 거역하면 즉시 목을 베리라."

이 말을 듣고 모든 승려가 유정의 말에 순종했다. 유정이 기뻐하며 서둘러 무기와 깃발을 준비하고, 그중 큰 깃발에는 '의병장 유정'이라고 썼다. 또한 각 절에 명령하여 승려들을 모으니 그 수가 천여 명이었다. 유정은 승려들을 거느리고 고성으로 들어가 무기를 꺼내 들고 평양으로 향했다.

한편 남해 땅에 사는 곽재우는 지혜와 용맹이 뛰어난 사람이었다. 그는 나라가 어수선하자 자기 재산을 털어 이백여 명의 장정들을 모아 의병을 일으켰다. 또한 이들을 이끌고 바닷가로 나가 왜적의 배 십여 척을 물리쳤다. 각 고을의 창고를 열어 굶주린 백성들에게 쌀 천여석을 나누어 주기도 했다. 소문을 듣고 사람들이 모여들어 이십여 일만에 군사의 수가 만여 명으로 늘어났다.

이때 왜장 안국사가 강을 건너 의령을 공격하려다가 강변의 해자가 깊은 것을 보고 군사들이 빠질까 두려웠다. 그는 물의 깊이를 알 수 있도록 나무를 깎아 만든 표를 물속에 세워 놓았다. 곽재우는 염탐꾼을 보내어 왜적이 표를 세운 사실을 알아냈다. 그리고는 즉시 군사들

• 소인(小人) 도량이 좁고 간사한 사람.
• 불도(佛道) 수행을 쌓아 부처가 되는 길.
• 해자(垓字) 성 주위에 둘러 판 못.

을 보내 그 표를 뽑아 몰래 깊은 곳으로 옮겨 놓고, 해자 주위에 군사를 매복시켰다.

왜장 안국사를 따르던 군사들은 이날 밤, 이런 사실을 까맣게 모른 채 표만 보면서 강을 건너다 거의 다 물에 빠져 죽었다. 곽재우는 근처에 매복하고 있다가 틈을 놓치지 않고 일제히 왜적을 공격했다. 안국사는 갑작스런 공격에 칼 한 번 휘둘러 보지도 못하고 크게 패하여 달아났다.

곽재우는 뒤를 쫓지 않는 대신 왜적이 버리고 간 무기와 말 들을 얻어 돌아왔다. 그는 '홍의 장군'이라고 쓴 큰 깃발을 마련한 후에 몇몇 군사와 함께 붉은옷을 입고 백마를 탔다. 그러고는 군사들을 모두 모아 놓고 호령했다.

"오늘 왜장 안국사가 패하여 달아났으나 밤을 이용해 반드시 우리를 습격할 것이니 방심하지 말라."

곽재우는 군사들을 둘로 나누어 산골짜기에 매복하게 하고 왜적의 움직임을 주의 깊게 관찰했다. 이날 밤 예상대로 안국사는 곽재우의 진영을 다시 습격했다. 곽재우가 진영의 문을 굳게 닫고 움직이지 않자, 안국사는 이튿날까지 계속 싸움을 돋우었다.

날이 저물 무렵에 곽재우는 진영의 문을 열고 적진을 향해 달려 나가 한바탕 대결을 벌였다. 한참을 싸우던 곽재우가 거짓으로 패한 체

• 홍의 장군(紅衣將軍) '붉은옷을 입은 장군'이라는 뜻으로 곽재우의 다른 이름이다.

하며 달아나자, 안국사는 신이 나서 뒤를 쫓아갔는데, 모퉁이 하나를 지나자 곽재우가 홀연히 사라졌다.

안국사가 좌우를 살피며 주저하고 있는데 갑자기 왼쪽 수풀 속에서 붉은옷에 백마를 탄 장수가 산골짜기를 향해 달아나는 모습이 보였다. 안국사는 얼른 그 뒤를 따라갔으나 또 놓쳤다. 어찌할 바를 몰라 허둥대고 있는데, 붉은옷에 백마를 탄 장수가 다시 나타나 또 싸우다가 도망쳤다.

이렇게 하기를 수차례, 안국사는 그제야 자신이 속은 것을 깨닫고 급히 군사를 되돌리려 했다. 이때 갑자기 땅이 흔들릴 만한 대포 소리가 나더니 사방에서 고함 소리가 크게 들렸다. 안국사는 복병이 한꺼번에 달려들자 수많은 군사를 잃고 제 목숨만 겨우 구해 달아났다.

　　이처럼 크게 승리한 후에 곽재우가 의병을 이끌고 주변 고을을 굳게 지키자 왜적은 감히 근처에도 얼씬거리지 못했다. 조정에서는 이 소식을 듣고 곽재우의 공로를 널리 알려 칭찬했다.

역사와 허구를 넘나드는 주인공들

《임진록》의 주인공들은 실제로 존재했던 역사적 인물이지만 그들의 활약상은 사실 그대로가 아닙니다. 각 인물들의 이야기 속 모습과 실제 모습을 비교하며 임진왜란의 주인공들을 만나 볼까요?

강홍립(姜弘立)

조선 광해군 때의 장군으로, 도원수가 되어 명나라를 도와 후금을 쳤으나 패했다. 후에 후금에 투항했다가 조선으로 돌아왔으나 역적으로 몰려 관직을 빼앗겼다.

김응서(金應瑞)

본래 이름은 김경서(金景瑞)로, 평양성을 되찾는 데 큰 공을 세웠다. 용맹이 뛰어났으나 신분이 낮아 어려움이 많았고, 이로 인해 일화가 많이 생겼다.

이항복(李恒福)과 이덕형(李德馨)

이항복은 병조 판서로 있으면서 유성룡과 함께 정국을 돌보았으며, 이덕형은 대제학으로 명나라에 원군을 요청했다. 두 사람은 '오성과 한음'이라는 이름으로 불리며 어린 시절 우애를 나눈 것으로 유명하다.

권율(權慄)

행주산성에서 왜적을 크게 물리친 행주 대첩을 이끈 명장으로, 임진왜란 7년간 조선 군대를 총지휘했다.

이순신(李舜臣)

임진왜란 때 왜적을 물리치는 데 큰 공을 세운 명장. 옥포 해전, 사천포 해전, 당포 해전, 1차 당항포 해전, 안골포 해전, 부산포 해전, 명량 해전, 노량 해전 등에서 승리를 거두었다.

조선

김덕령(金德齡)

전라도에서 활약한 의병장으로, 공을 세우고도 이몽학과 내통했다는 모함을 받고 억울하게 죽었다. 이를 안타깝게 생각한 민중이 김덕령에 대한 수많은 일화를 만들었다.

논개(論介)

진주성의 기생으로, 성이 함락되자 왜적이 촉석루에서 벌이는 잔치에 참석해 왜장 게야무라 로쿠스케를 끌어안고 남강에 투신했다

정문부(鄭文孚)

함경도에서 활약한 의병장으로, 국경인의 반란을 평정하고 북관 대첩을 이끄는 등 공을 많이 세웠다.

곽재우(郭再祐)

경상도에서 활약한 의병장으로, 붉은옷을 입고 많은 왜적을 무찔러 '홍의 장군'이라 불리며 백성의 사랑을 받았다. 전쟁 후 관직을 거절하고 은둔 생활을 했다.

유정(惟政)

'사명당'이라는 이름으로도 알려져 있으며, 의령 전투와 평양성을 되찾을 때 큰 공을 세웠다. 전쟁 후 강화 회담의 사신으로 일본에 파견되어 조선인 포로 3천 5백 명을 인솔해 귀국했다. 승려라는 신분 때문에 신술을 사용하여 일본을 혼내 준 내용의 설화가 많이 전한다.

휴정(休靜)

'서산대사'라고도 알려져 있으며, 사명당의 스승이다. 임진왜란이 일어나자 73세의 노구로 승병을 이끌었다.

유성룡(柳成龍)

임진왜란 때 정국을 주관하며, 이순신과 권율을 등용하고 군사 시설을 정비하는 등 나라를 구하기 위해 혼신의 힘을 다했다.

계월향(桂月香)

평양성의 기생으로, 김응서를 도와 왜장의 목을 베게 한 후 자결했다.《임진록》에는 판본에 따라 이름 없이 등장하거나 다른 이름으로 등장하기도 한다.

명나라

이여송(李如松)

명나라의 장수로 조선에 2차로 출병했으며 대포를 사용해 평양성을 되찾았다. 그러나 벽제관 싸움에서 패한 후 일본과 더는 싸우지 않고 강화 교섭을 하는 데 힘을 쏟았다.

진린(陳璘)

명나라 해군 도독으로 이순신과 함께 해전에 참가했다. 명나라 실록에 해전의 승장으로 기록되는 등 이순신의 공을 가로챘다.

심유경(沈惟敬)

명나라 사신으로, 강화 협상에 참여했다. 5년여 동안 협상을 맡아 진행했으나 중간에서 농간을 부려 결국 정유재란을 초래했다. 후에 비리가 밝혀져 명나라 장수에게 죽임을 당했다.

조승훈(祖承訓)

명나라의 장수로 조선에 1차로 출병해 평양성을 되찾으려 했으나 실패했다.

일본

평수길
〔도요토미 히데요시(豊臣秀吉)〕

하급 무사 출신으로 일본을 통일하고 임진왜란을 일으켰으나, 전쟁의 종결을 보지 못하고 병들어 죽었다. 지략이 뛰어나고 야심이 많았던 것으로 알려져 있다.

평행장
〔고니시 유키나가(小西行長)〕

일본의 무장으로 가토 기요마사와 나란히 임진왜란의 선봉장이었다. 동래, 한양, 평양을 함락했으나 명나라 원군에게 패하고 강화 교섭을 계속 시도했다.

가등청정
〔가토 기요마사(加藤淸正)〕

일본의 무장으로 임진왜란의 선봉장이었다. 호전적인 성격으로 함경도를 초토화했으나 나중에 고니시 유키나가와 대립했다.

평의지
〔소 요시토시(宗義智)〕

쓰시마 섬의 도주로, 1589년 도요토미 히데요시의 강화 요청서를 가지고 조선에 왔다. 고니시 유키나가 부대의 부지휘관으로 강화 교섭에 참여했다.

평조신
〔야나가와 시게노부(柳川調信)〕

고니시 유키나가 부대의 하급 지휘관으로 강화 교섭에 참여했다.

드디어 천병이 조선을 구하러 오는구나

명나라 장수 조승훈이 돌아간 후 다시 천병이 온다는 소식이 없었다. 선조 임금은 마음을 졸이며 이덕형을 사신으로 삼아 명나라에 보냈다. 이덕형 일행은 밤낮으로 달려 명나라에 들어간 뒤 병부 상서 석성을 통하여 황제에게 구원병을 보내 달라고 요청했다. 황제가 이들을 불러 위로하자 이덕형이 울면서 바닥에 엎드려 아뢰었다.

"폐하! 조선은 지금 왜란을 만나 팔도의 백성이 다 죽고 도성은 무너졌으며, 국왕은 종사를 버리고 의주에 몸을 감춘 채, 밤낮으로 통곡하면서 오직 천병만 기다리고 있사옵니다. 바라옵건대 폐하는 덕을 베푸시어 천병을 보내 조선을 구하소서."

황제가 듣고 대답했다.

"짐이 이전에 조승훈을 조선에 보내어 구하라고 했더니, 조선이 군

90

량을 제대로 보급하지 못해 군사들이 굶고, 끝내 패하여 돌아왔다고 들었노라. 조선을 불쌍히 여겨 구원병을 보낸다고 해도 너희는 무엇으로 군사들을 먹일 것이냐? 또한 명나라에도 흉년이 계속되어 백성들이 굶주리고 있으니 어찌 군량까지 줄 수 있겠는가? 짐이 알아서 처리할 것이니 그대는 물러가 명을 기다려라."

황제는 신하에게 분부하여 사신을 후히 대접하라고 했다. 이덕형은 궁궐에서 물러 나와 음식도 먹지 않고 밤낮으로 눈물을 흘리며 지냈다. 그러나 수개월이 지나도 구원병에 대한 대답을 듣지 못했다.

그러던 어느 날, 황제가 자다가 꿈을 꾸었는데, 수많은 여자가 볏단을 이고 조선 땅을 거쳐 명나라로 와서 상을 밀쳐 내는 꿈이었다. 황제가 놀라 잠에서 깨어 생각했다.

'사람 인(人) 변에 벼 화(禾) 자를 더하고, 벼 화 아래 계집 녀(女) 자를 더하면 왜국 왜(倭) 자라. 이는 분명 왜적이 명나라를 침범하리라는 뜻이로다.'

황제가 한참을 고민하다가 피곤하여 자기도 모르게 다시 잠이 들었

는데, 문득 번개가 세 번 치더니 하늘 문이 열렸다. 그 문으로 한 신장이 내려와 황제 앞으로 다가왔다. 황제가 괴이하게 여겨 물었다.

"그대는 어떤 사람이기에 여기 이르렀는가?"

"소장은 옛날 삼국 시절의 관우이옵니다. 소장은 살아 있을 때 무고한 사람을 많이 죽인 죄를 지었습니다. 옥황상제께서는 저를 다시 세상에 태어나지 못하게 하시어, 외로운 넋을 조선에 의지한 채 지내고 있습니다. 그런데 지금 조선이 왜란을 당하여 백성은 불길 한복판에 있고, 임금은 종사를 버리고 의주로 달아나 참으로 위태로운 지경에

처해 있습니다. 바라건대 폐하는 덕을 베푸시어 조선을 구하소서."

"짐 또한 조선을 구하려 하나 마땅한 대장이 없어 걱정이라."

"요동 제독 이여송이 지혜롭고 용맹하니 대장으로 제격이옵니다."

황제가 더 자세히 물으려는 순간, 홀연 스산한 바람이 불고 검은 안개가 피어오르더니 관운장은 사라지고 말았다. 황제가 놀라 다시 잠에서 깨어 보니 한바탕 꿈이었다. 두 가지 꿈을 깊이 생각한 끝에 황제는 드디어 결단을 하고 이덕형을 불렀다.

"지금 명나라에는 흉년이 들었을 뿐 아니라 놀림병이 돌아서 많은 사람이 병들어 있어 가볍게 움직이지 못했도다. 그러나 그대의 충성에 감동하여 조선을 구하려 하니, 그대는 먼저 돌아가 있어라."

이덕형은 황제의 은혜에 깊이 감사하고, 의주로 돌아와 이 일을 임금에게 보고했다. 임금은 천병이 다시 온다는 말에 크게 기뻐했다.

황제는 곧 병부 상서 송응창과 병부 원외랑 유황상을 부장으로 삼고, 요동 제독 이여송을 대장으로 삼아 이여백, 장세작, 양원, 낙상지, 오유충을 거느리게 했다. 또한 쌀 삼만 석과 정예 군사 십만 명을 뽑아 조선을 구하라는 내용으로 조서를 내렸다.

이여송이 황제에게 하직한 후 대군을 거느리고 조선으로 향하는데, 깃발들은 하늘을 가렸고 일제히 울리는 북과 징 소리는 산을 움직일 듯했으며 군대 행렬은 수십 리에 이어졌다. 사람은 마치 천신 같고, 말

• **신장(神將)** 신병을 거느리는 장수라는 뜻으로, 여기서는 하늘로부터 내려온 신과 같은 장수를 일컫는다.
• **관우(關羽)** 중국 삼국 시대 촉나라의 무장으로 관운장이라고도 불린다.

은 마치 비룡 같았다. 대군은 당당히 행군해 연경을 지나 봉황성에 이르렀다. 이여송은 의주에 있는 선조 임금에게 편지를 보냈다. 선조 임금이 이를 받아 보고 크게 기뻐하면서 이항복을 접반사로 삼아 구원병을 맞이하게 했다. 이항복이 천병을 맞이하려고 압록강에 이르렀을

때, 문득 백로가 날아올랐다. 이를 본 이여송이 말 위에 앉은 채 활에 화살을 메겨 손에 잡더니 하늘을 우러러 간절히 빌었다.

"대명 대도독 이여송이 황제의 명을 받아 왜적을 치고 조선을 구하려 하오니, 만일 공을 이룰 것이면 백로가 이 화살에 맞아 떨어지게 하시고, 그렇지 않다면 백로를 맞히지 못하게 하소서."

소원을 빌고 공중을 향해 화살을 쏘자 백로가 이에 맞아 말 앞에 떨어졌다. 이여송이 크게 기뻐하면서 군사를 재촉하여 압록강을 건넜다. 이여송은 의주 통군정에 올라 부하 장수들과 더불어 자리를 정해 앉고 조선의 체찰사를 불렀다. 그러나 조선 대신들은 이여송이 누구를 찾는지 몰라 대답하지 못했다. 화가 난 이여송이 어서 체찰사를 데려오라며 다시 고함을 질렀다. 이에 이항복이 급히 유성룡을 데리고

• **접반사(接伴使)** 외국 사신을 접대하던 임시직 벼슬아치.

가는데, 정충신이 슬그머니 조선 지도를 이항복의 품에 찔러 넣었다.

이항복이 앞으로 나오자 이여송이 물었다.

"이제 대군이 이르렀으니, 조선이 향도를 겸하여 선봉이 되어야 할 것이오. 왜적을 칠 꾀를 준비했는가?"

이항복이 갑작스러운 질문에 어찌할 바를 모르다가 품속에서 지도를 꺼내어 보여 주었다. 그러자 이여송이 이를 보고 칭찬했다.

"조선의 운수가 불행하여 왜란을 만났으나, 이러한 인재가 있으니 갑작스럽게 망하지는 않으리라."

이여송이 또 물었다.

"조선 임금을 한번 볼 수 있느냐?"

말을 마치자마자 군졸 한 명이 들어와 아뢰었다.

"조선의 임금이 들어오시나이다."

이여송이 일어나 인사를 올린 후에 각각 자리를 정해 앉았다. 이여송이 눈을 들어 선조 임금을 바라보는데, 얼굴에 왕의 기상이 비치지 않는 것이었다. 이여송이 갑자기 화를 내며 말했다.

"너희가 간사한 마음을 품고 나를 업신여기는구나. 임금이 아닌 사람을 임금이라 하며 속이는데, 내가 어찌 조선을 구할 수 있겠느냐?"

그리고 나서 즉시 퇴군하라는 명을 내리자, 조정의 모든 신하와 백성이 통곡하며 말했다.

"천병이 물러간다 하니 조선은 장차 어찌 되리오?"

통곡 소리가 땅을 울리자 이항복과 유성룡이 임금에게 아뢰었다.

"전하! 지금 천병이 물러가면 왜적을 무찌르지 못할 것이옵니다. 아뢰옵기 황공하오나 전하께서는 잠시 통곡을 하옵소서."

선조 임금이 이 말을 듣고는 목을 놓아 통곡하기 시작했다. 이여송이 장막 안에서 문득 통곡 소리를 듣고 부하 장수들에게 물었다.

"이게 웬 통곡 소리냐?"

"조선 임금이 통곡하는 소리라고 하옵니다."

"이는 틀림없는 용의 소리라. 분명 왕의 울음이로다. 내가 이대로 물러가지는 못하겠구나."

이여송은 다시 군중에 명령을 내려 군사를 되돌렸을 뿐만 아니라 선조 임금과 신하들을 청하여 위로했다. 그리고 곧바로 의주를 떠나 안주에 이르러 성의 남쪽에 진영을 세웠다. 진영 주변에는 깃발이 하늘 가득히 휘날리고 창과 칼은 서릿발같이 날카롭게 빛났다.

유성룡은 이여송과 더불어 왜적을 물리칠 대책을 논의했다. 이여송은 기쁜 마음으로 유성룡을 앞히고 왜적의 움직임을 자세히 묻더니, 유성룡이 내민 평양 지도를 보고 나서 말했다.

"왜적은 조총만 믿고 있소. 우리가 대포를 쏘면 오륙 리 정도는 족히 가는데, 어찌 우리를 당해 낼 수 있겠소?"

유성룡은 이 말을 듣고 크게 기뻐했다.

• 향도(嚮導) 군대가 행진할 때 대오의 선두에서 방향과 속도를 조절하는 사람.

만일 너희에게
강화할 뜻이 있다면

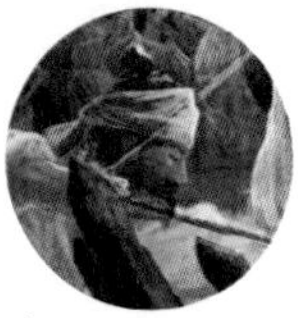

이여송은 왜적을 속이려고 부총병 사대수를 먼저 순안에 보내 일부러 거짓 소문을 퍼뜨렸다.

"명나라 황제가 이미 일본과의 화해를 허락했으니, 곧 심유경이 이리로 올 것이다."

왜장 평행장은 이 소문을 듣고 기뻐하며 잔치를 베풀었다. 일본 승려 현소는 글을 지어 기뻐했다.

섬나라가 싸움 끝에 중국을 굴복시키니
천하 모든 나라가 한집안이 되었구나
기쁜 기운에 사방의 눈이 삽시간에 녹으니
하늘과 땅이 모두 태평하도다

때는 계사년(1593) 봄이었다. 평행장은 부하 장수 평호란에게 군사 삼십 명을 데리고 순안에 가서 심유경을 맞이하라고 명령했다. 사대수는 평호란을 속여 술을 먹인 후 목을 베고, 데리고 온 군사들도 잡아 죽였는데, 그중 두어 명이 도망쳐서 이 사실을 평행장에게 알렸다. 평행장은 그제야 천병이 조선을 구원하러 온 것을 알고 두려워했다.

　이여송은 안주를 떠나 순안에 이르러 군사를 쉬게 하고, 이튿날 평양에 이르러 성을 포위하고 공격을 시작했다. 왜적은 조총을 쏘고 돌을 던지며 접근을 막았다. 천병이 이에 맞서 대포를 쏘니 불꽃과 연기가 하늘에 가득 차고 성안 곳곳에 불이 붙었다. 명나라 장수 가운데 낙상지가 용사 육백 명을 거느리고 단검을 차고 성 위로 뛰어오르자 왜적은 이를 막지 못하고 성안으로 달아났다. 낙상지는 끝까지 뒤를 쫓아가 왜적을 칼로 찔러 죽였다.

　곧이어 이여송이 대군을 몰아 성을 포위했다. 왜적이 성 위에서 조총을 쏘고 돌을 던지며 저항하는 통에 천병이 많이 다치자, 이여송은 군사를 거두어 성 밖에 진을 치고 여러 장수에게 말했다.

　"궁지에 몰린 적을 급하게 몰면 반드시 죽기로 싸울 것이다. 왜적을 스스로 달아나게 한 후에 그 뒤를 따라가 공격하면 크게 이기리라."

　모든 장수가 이여송의 말을 옳게 여겼다. 이때 평행장은 천병이 물러가는 것을 보고 부하 장수들을 불러 모아 의논했다.

　"이여송이 지혜롭고 용맹할 뿐만 아니라, 군사들 또한 날렵하니 맞서 싸우기가 어렵도다. 장차 어찌하리오?"

　평조신이 나서며 말했다.

"우리가 맞서 싸우지 않고 성을 지키면, 천병의 양식이 다 떨어져 자연히 물러갈 것이오. 그 기회를 타서 뒤를 공격하면 크게 이기리라."

평행장이 다시 말했다.

"천병이 조선 군사와 힘을 합쳐 공격해 오면 우리가 어찌 맞서 싸울 수 있겠소? 차라리 성을 버리고 한양으로 가는 것이 상책일 듯하오."

모든 장수가 평행장의 의견에 동의했다.

이날 밤, 평행장은 성을 나와 대동강을 건너 행군하다가 의병장 유정을 만나 군사를 잃고 한양으로 달아났다. 유정은 금강산에서 나와 군사 천여 명을 모아 평양으로 오던 중에, 왜적이 도망치는 것을 보고 뒤따라가 공격하여 승리를 거둔 것이다.

이튿날 이여송은 왜적이 달아난 사실을 알고 손쉽게 평양성을 차지했다. 그는 왜적의 뒤를 쫓지 않다가 대동강 남쪽에 머무르던 왜적이 다 도망가고 나서야 비로소 유성룡을 불러 말했다.

"왜적의 뒤를 쫓으려 하니 그대는 군량을 준비하되 조금도 부족함이 없게 하라."

유성룡이 명을 듣고 즉시 황해 감사 유영경에게 글을 보내 평양에 있는 곡식을 황주로 가져오게 했다. 제때에 맞추어 군량을 천병에게 보낸 덕분에 대군은 무사히 송도에 이르렀다.

한편 한양에 진을 치고 있던 왜적은 한양의 백성이 천병과 내통하는 것은 아닐까 의심하고 있었다. 그런 터에 평행장이 평양에서 패했다는 소식이 전해지자, 잔뜩 화가 난 왜적은 성안의 백성을 다 죽이고 천병과 맞서 싸울 준비를 했다.

이여송이 몇몇 군사를 이끌고 파주를 순찰하는 동안, 사대수와 고언백이 먼저 군사를 거느리고 나가 왜적 백여 명을 죽였다. 이에 의기양양해진 이여송은 여러 장수를 진영에 머무르게 하고, 군사만 천여 명 거느리고 나가 혜음령 앞에 이르렀다. 사실 왜장은 대군을 혜음령 뒤에 매복하게 하고, 수백 명만 데리고 고갯마루에 올라가 있었다. 이여송은 왜적의 수가 적은 것을 보고, 더욱 업신여기며 군사를 재촉해 고개 위로 나아갔다. 이때 갑자기 대포 소리가 들리더니 수만 명의 복병이 달려 나왔다. 천병이 미처 대비하지 못해 수없이 죽거나 다쳤다. 이여송은 급히 군사를 물려 북쪽으로 돌아가려 했다.

유성룡이 이여송에게 말했다.

"전장에서의 승패는 일상적인 일이옵니다. 마땅히 적의 세력을 살펴 다시 진격해야 할 것이옵니다. 어찌 이렇게 쉽게 물러가려 하시오?"

이여송이 핑계를 댔다.

"우리 군사가 어제 적병을 많이 죽였으나, 비가 많이 와서 진영을 세우기가 쉽지 않도다. 잠깐 동파로 물러나 다시 대책을 세우리라."

이여송은 사대수에게 임진을 지키라고 명령하고, 군사를 거두어 동파로 돌아왔다. 염탐꾼이 왜적의 사정을 살피고 돌아와 전했다.

"가등청정이 함흥에서 양덕, 맹산을 넘어와 평양을 습격합니다."

이여송은 여전히 북쪽으로 돌아갈 생각만 하고 있다가 이 소식을 듣고는 말했다.

"만일 평양을 다시 잃으면 우리가 장차 어디로 가리오?"

마음이 더욱 급해진 이여송은 말을 마치자마자 왕필적에게 송도를 지키게 하고, 이덕형에게 말했다.

"지금 조선 군대가 외로운 처지가 되었으니 모든 군대를 임진 북녘으로 모이게 하시오."

이때 권율은 행주를 지키고, 이빈은 파주를 지키고, 고언백은 해유령을 지키고, 김명원은 임진 남녘을 지키고 있었다. 이여송이 이를 알고 여러 곳에 퍼져 있는 군사들을 모으게 한 것이었다.

유성룡이 이 소식을 듣고 급히 송도에 이르러 이여송을 만나 천병이 퇴군해서는 안 되는 이유 네 가지를 말했다.

"첫째, 왜적이 선왕의 묘를 파헤쳤으니 이를 두고 볼 수만은 없기 때문이요, 둘째, 경기도의 백성이 장군의 명성을 듣고 승리하기만을 기다려 왔는데 물러난다는 소식을 들으면 낙담해 왜적에게 항복할 것이요, 셋째, 우리 조선의 장수들이 천병의 위엄에 의지하여 진격하기를 도모했는데 물러난다는 소리를 들으면 뿔뿔이 흩어질 것이요, 넷째, 대군이 한번 물러가면 왜적이 반드시 뒤를 따를 것이니 임진 남녘을 지키지 못할 것이기 때문이오!"

그러나 이여송은 이러한 유성룡의 간청에도 불구하고 대답조차 하지 않고 돌아갔다.

천병이 물러간다는 소식을 접한 왜적은 즉시 한양을 떠나 권율이 지키고 있던 행주산성을 공격했다. 달아나려고 해도 뒤에 강이 있어 도망칠 수가 없었기 때문에 백성들은 목숨을 걸고 싸웠다. 왜적이 백성의 완강한 저항에 부딪혀 패하여 달아나자, 권율은 도망가는 왜적의 뒤를 따라가 수백 명을 베고 그 기세를 몰아 임진에 이르렀다.

유성룡도 권율, 이빈 등과 합세하여 파주산성을 굳게 지켜 서쪽으로 가는 왜적을 막았다. 고언백, 이시언, 정희현, 박명현 등에게는 해유령을 지키라 명하고, 의병장 박유인, 유성정, 이신 등에게는 창릉 근처에 매복했다가 왜적이 많이 지나가면 피하고, 적게 오면 따라가 습격하라고 명했다. 또한 유성룡은 직접 창의사 김천일과 경기 수사 정걸과 함께 배를 타고 용산, 서강 근처에 숨어 있다가 강을 따라 올라

　　창의사(倡義使) 나라에 난리가 일어났을 때 의병을 일으킨 사람에게 주던 임시 벼슬.
　　수사(水使) 각 도의 수군을 통솔하는 일을 맡아보던 수군절도사.

오는 왜적을 죽였는데, 이로 인해 왜적의 기세가 많이 꺾였다.

한편 왜적이 오랫동안 한양을 차지하고 물러가지 않자, 굶주려 죽는 백성이 수없이 많이 생겨났다. 마침 유성룡이 동파에 있다는 소식을 듣고 남녀노소 할 것 없이 수많은 사람이 유성룡에게 와서 의지했다. 사대수는 길가에서 어린아이가 죽은 어미의 젖을 빨아먹는 모습을 보고 불쌍히 여겨 군주으로 데려와서 유성룡에게 말했다.

"왜적이 물러가지 않아 백성의 삶이 이렇게 비참하고 끔찍하니 앞으로 어찌한단 말이오?"

유성룡이 눈물을 흘리며 대답했다.

"우리 임금님께서 불쌍한 백성을 돌보시려고 해도 비축한 양식이 없고, 또한 곡식이 있다 해도 천병의 군량으로 써야 하니 어찌할 도리가 없소이다."

유성룡은 백성을 생각하며 근심에 싸였다. 마침 전라도의 소모관 안빈학이 곡식 천여 석을 배에 실어 왔다. 유성룡이 이를 보고 크게 기뻐하면서 일부는 천병에게 군량미로 보내고, 일부는 굶주린 백성들에게 나누어 주었다. 그러나 먹을 사람은 많고 곡식의 양은 정해져 있어 백성들이 모두 먹지는 못했다. 사대수가 이를 보고 측은한 마음을 참지 못해 군량미 삼십여 석을 굶주린 백성에게 나눠 주었다.

이때 김천일의 군대에 있던 이신충이라는 사람이 한양에 들어가 왜적의 정세를 염탐했다. 그는 왜적에게 잡힌 두 왕자와 대신 황정욱을 만나고 돌아와 김천일에게 말했다.

"왜적이 강화할 뜻을 품고 있는 것 같소이다."

얼마 지나지 않아 평행장이 김천일에게 강화를 청하는 내용의 편지를 보내왔다. 김천일이 평행장의 편지를 유성룡에게 보내자 유성룡이 사대수에게 보여 주면서 말했다.

"이 글을 이여송 제독에게 보내어 어찌해야 할지 여쭈어 보시오."

사대수는 즉시 편지를 이여송에게 보냈다. 이여송은 편지를 읽고 심유경을 한양으로 보내 염탐한 후, 대군을 거느리고 송도에 머물렀다.

심유경은 한양에 이르러 평행장에게 말했다.

"만일 너희에게 강화할 뜻이 있다면 먼저 조선의 두 왕자와 대신을 돌려보내고, 군사를 부산으로 물러가게 하라. 그렇지 않으면 당장 조선 팔도의 군사가 벌 떼처럼 일어날 것이다. 또한 명나라 황제께서 군사를 더 보내 너희를 멸하는 것은 물론이요, 천신이 노할 것이다. 내 말을 듣지 않으면 나중에 돌이키려 해도 큰 낭패만 볼 것이다."

평행장이 대답했다.

"그러면 우리 군사를 물려 일본으로 보낼 것이니, 명나라와 조선에서는 사신을 다시 일본에 보내어 강화를 이루게 하시오."

이에 심유경이 다시 말했다.

"너희에게 진실로 강화할 뜻이 있다면 우선 조선 왕자와 대신을 돌려보내라."

평행장이 할 수 없이 허락하자 그제야 심유경은 송도로 돌아갔다.

---

* 소모관(召募官) 의병을 모집하는 일을 맡아 하던 임시 벼슬.
* 강화(講和) 싸우던 두 편이 싸움을 그치고 평화로운 상태가 되는 것.

이때 가등청정이 북도에서 한양으로 돌아왔다. 평행장이 그동안의 일을 이야기하며 퇴군할 뜻을 밝히자 가등청정은 분개하여 말했다.

"이제 와서 어찌 아무런 이유도 없이 돌아간단 말이오? 나는 이여송에게 항복을 받고 나서야 돌아가겠소."

가등청정은 즉시 날랜 장수 엄홍과 이현을 불렀다.

"너희가 이여송의 목을 베어 오면 반드시 큰 상을 내리겠다."

두 장수는 비수를 감추고 송도에 가서 이여송의 장막 안으로 몰래 숨어 들어갔다. 이여송은 장막 안에서 머리를 빗고 있었는데, 문득 번쩍이는 은 항아리 두 개가 들어오는 것을 보았다. 이여송은 그것이 자객의 칼 빛임을 알아차리고, 빗던 머리를 황급히 한 손으로 붙든 채 다른 한 손으로 보검을 들어 자객과 대적했다. 이들의 검술이 어찌나 뛰어난지 칼 빛으로 온몸을 감고 도는 모습이 마치 은 항아리가 돌고 있는 것 같았다. 장막 안에서 난데없이 칼 부딪치는 소리가 나자 부하 장수들이 놀라 창틈으로 엿보았는데 은 항아리 세 개가 장막 안에서 어지러이 구르고 있었다. 이윽고 자객을 모두 쓰러뜨린 이여송이 부하 장수를 불러 명했다.

"여봐라! 이것을 치워라!"

부하 장수들은 장막 안으로 들어가 바닥에 엎어져 있는 두 사람의 시신을 보며 말했다.

"장막 안이 좁아서 들어와 돕지 못했나이다."

"이 자객들은 넓은 데서 칼 쓰는 것만 배운 까닭에 좁은 장막 안에서는 마음대로 칼을 휘두르지 못하여 내게 졌다."

이여송은 자랑스러운 듯 미소를 지었다.

이때 왜적의 진영에서는 군량이 다 떨어져 굶어 죽는 자가 많았다. 평행장은 가등청정과 의논하고 나서 평조신, 평조강에게 명했다.

"충청도로 내려가 군량을 실어 오라."

두 장수가 명령에 따라 만 명의 군사를 거느리고 숭례문을 나와 청파로 향하고 있는데, 갑자기 큰 바람이 일어나더니 검은 구름이 행렬을 에워쌌다. 곧이어 수많은 신병이 짓쳐 오더니 어디선가 난데없이 한 신장이 달려드는데, 푸른 대춧빛 얼굴에 세모꼴의 수염을 휘날리며 청룡을 새긴 큰 칼을 들고 적토마를 타고 있었다.

왜적은 두려워하면서 허둥지둥 달아나다가 서로 짓밟아 목숨을 잃었다. 신장은 남문을 부수고 들어와 동문으로 나가더니 홀연히 사라졌다. 평조신과 평조강은 군사를 반 이상 잃고 겨우 도망쳐 평행장에게 이 일을 알렸다. 그러자 평행장이 크게 놀라며 말했다.

"그 사람은 틀림없이 삼국 시절의 명장 관우일 것이다. 며칠 전에 심유경이 내게 와서 돌아가지 않으면 천신이 노할 것이라 했는데, 그 말이 옳구나. 이제라도 돌아가지 않으면 반드시 큰 화를 입게 될 것이다."

평행장은 각 진영에 퇴군 명령을 내렸다. 왜적은 드디어 한양을 떠나 한강을 건너서 충청도, 전라도, 경상도의 삼남 지방으로 향했다.

너 비록 천한 기생의 몸이지만

한편 이여송은 내내 송도에 머물러 있다가 마침내 왜적이 물러갔다는 소식을 듣고 대군을 거느리고 한양에 이르렀다. 성안에 들어가 보니 시체는 산처럼 쌓여 있었고, 살아남은 백성들은 굶주림과 왜적의 횡포에 귀신같은 몰골로 앉아 있는데, 그 끔찍함은 말로 다할 수 없을 지경이었다. 종묘와 궁궐, 네 곳의 문은 모두 불에 타 성안에는 남아 있는 것이 없었는데, 다만 평수맹이 머물던 남별궁만 제 모습을 지키고 있었다. 이여송은 남별궁을 거처로 정한 후에 군사를 뽑아 성안을 깨끗이 치우고 머물렀다.

유성룡이 이여송에게 물었다.

"왜적이 물러간 지 오래되었는데 어찌 뒤쫓지 않는 것이오?"

"내게 다 생각이 있소만, 배가 없어 근심이오."

"천병이 왜적을 뒤쫓는다면 당장이라도 배를 준비하겠소."

유성룡은 급히 강변으로 가서 경기 감사 성영과 수사 정길 등에게 배를 준비하게 한 후, 이를 이여송에게 알렸다. 이여송은 이여백에게 명했다.

"지금 당장 만 명의 군사를 거느리고 왜적을 쫓으라."

그러나 이여백은 강가에 가서 호령만 하고 성으로 돌아왔다. 이여송에게 왜적을 쫓을 마음이 없음을 미리 알고 일부러 그런 것이었다.

왜적이 물러간 지 수십 일이 지나서야 경리 송응창이 이여송에게 왜적을 쫓게 했다. 이여송이 비로소 왜적을 쫓아 문경에 이르렀지만, 왜적은 이미 동래, 김해 등에 이르러 진영을 세우고 있었다.

이여송은 부하 장수 유정에게 팔계를 지키게 하고, 오유충에게 성주를 지키게 한 후에 한양으로 돌아왔다. 그리고 심유경을 일본에 보내어 강화를 허락한다는 뜻을 전했다. 왜적은 약속대로 두 왕자와 대신 황정욱을 놓아 보낸 후에 진주로 향했다. 임진년에 김시민이 진주성을 굳게 지키면서 왜적을 많이 죽였는데, 이를 기억하고 복수하려는 것이었다.

한편 조정에서는 모든 장수를 재촉하여 왜적을 쫓으라고 명했다. 이에 김명원과 권율은 각처의 의병장들을 의령에 모아 놓고 의논했다. 곽재우가 말했다.

"왜적의 기세가 아직 강한데 우리 군사는 오합지졸이요, 군량도 넉넉하지 못하니 가볍게 진격할 수는 없을 듯합니다."

권율은 곽재우의 말을 듣지 않고 군사를 몰아 왜적을 뒤쫓았다. 그러나 함안에 이르니 성은 이미 비어 있고, 양식도 다 떨어져 제대로 먹지 못한 군사들은 싸울 생각이 없었다. 이때 적의 정세를 염탐하러 간 군졸이 돌아와 보고했다.

"왜적이 김해에서 몰려오고 있습니다!"

모든 군사가 당황하여 어쩔 줄 모르고 있는데 갑자기 대포 소리가 났다. 그러자 모두 혼비백산하여 앞을 다투어 도망하기 바빴다. 왜적이 점점 다가오자 장수들마저 달아나기 시작했다. 권율, 김명원, 이빈은 전라도로 가고 김천일, 최경일, 황진은 진주로 갔다.

왜적은 김천일의 뒤를 따라가 진주성을 철통같이 포위했다. 진주 목사 서예원이 성문을 굳게 닫고 왜적을 막아 보려 했지만, 왜적은 구름 사다리를 세워 놓고 그 위에 올라가 성안을 굽어보며 총을 쏘았다. 황진은 동문을 지키며 힘써 싸웠으나 결국 총탄에 맞아 죽었다. 성안이 흉흉한 가운데 큰비까지 내려 성벽 이곳저곳이 무너졌다.

이를 틈타 왜적이 다투어 성에 기어오르자, 조선 군사들은 화살을 쏘고 돌을 던지며 있는 힘을 다해 막아 내려 했다. 이때 김천일의 군사가 북문을 열고 달아나자, 왜적이 이를 놓치지 않고 북문으로 한꺼번에 들이닥쳤다. 성안에서는 졸지에 큰 난리가 났다. 조선 군사들이 수없이 죽어 가자, 더 이상 버틸 수 없음을 안 김천일은 촉석루에서 최경일과 함께 통곡한 후에 스스로 강에 빠져 죽고 말았다. 이때 죽은 군사와 백성의 수가 육만여 명이 넘었다. 왜적이 조선을 침략한 이래로 가장 많은 사람이 진주성 싸움에서 죽었다. 진주성이 무너지자 심유경은 합천으로 가고, 오유충은 초계로 가서 경상도를 지켰다.

한편 진주성 안에 논개라는 기생이 있었는데 미모가 천하에서 으뜸이었다. 그 빼어난 아름다움에 놀란 왜장은 차마 논개를 죽이지 못하고 곁에 두었다. 하루는 왜장이 논개를 촉석루에 데리고 올라가 희롱하며 가까이하려고 했다. 논개는 마음속으로 생각했다.

　'내 비록 천한 기생의 몸이지만 어찌 왜적에게 몸을 더럽히겠는가?'

　논개는 왜장을 죽일 꾀를 하나 생각해 내고 거짓으로 말했다.

　"제가 타고난 성격이 원래 괴이한데, 문득 장군께 아뢰고 싶은 묘한

뜻이 하나 있습니다. 장군이 만일 제 말을 들어주시면 제가 비록 죽는 한이 있더라도 장군의 명을 따르겠고, 그렇지 않으면 장군이 제 몸을 찢어 죽인다 하더라도 결코 듣지 않겠나이다."

"그 뜻이 무엇이냐?"

논개가 강물 위의 한 바위를 가리키며 말했다.

"저기 보이는 바위에 올라가 장군과 함께 춤을 춘 후에야 장군을 따르겠나이다."

"그것이 뭐가 어렵겠느냐?"

왜장은 논개가 원하는 대로 함께 바위에 올라가 서로 끌어안고 춤을 추었다. 왜장이 한창 흥에 취할 즈음이었다. 논개가 갑자기 왜장의 허리를 꽉 끌어안더니 그대로 물속으로 뛰어들었다. 두 사람의 모습은 끝없이 넓고 깊은 강물 속으로 사라져 다시는 보이지 않았다.

왜장이 이렇게 죽자 왜적은 성을 버리고 돌아갔고, 이로 인하여 조선은 진주성을 다시 되찾았다. 논개가 비록 천한 기생이었지만 강직한 마음과 민첩한 지혜로 왜장을 죽이니 이 얼마나 아름다운 일인가. 그 후로 사람들은 그 바위를 '의로운 바위'라는 뜻으로 '의암(義岩)'이라 했다.

한편 이여송은 의주에 사람을 보내 선조 임금에게 한양으로 돌아오기를 청했다. 전갈을 받고 즉시 한양으로 온 선조 임금은 성이 무너지고 백성들이 죽어 가는 것을 보고 하염없이 눈물을 흘리며 슬피 울었다.

명나라 황제는 사신을 보내 선조 임금을 위로하고, 이여송에게는 상으로 은과 비단을 전했다. 선조 임금은 이여송을 만나 왜적을 물리친 공로를 칭찬하고 잔치를 벌였다. 그리고 이여송과 더불어 북쪽을 향하여 네 번 절하며 명나라 황제에게 감사를 표하고 나서, 서로 술을 따르며 권했다. 이여송이 먼저 계수나무 벌레 세 마리를 상 위에 놓고 말했다.

"이것은 서쪽 아랍에서 바친 귀한 것으로 한 마리의 값이 삼천 냥입니다. 사람이 이것을 먹으면 천천히 늙는다기에 조선 임금께 대접하고 싶어 가져왔나이다."

말을 마치고 이여송은 젓가락을 들어 벌레의 허리를 집어 선조 임금에게 권했다. 그러자 그 벌레가 발을 허우적거리며 괴이한 소리를 냈다. 모양을 자세히 살펴보니 부리가 검고 몸은 다섯 가지 색을 띠고 있어 망측하기 그지없었다.

선조 임금이 차마 입에 대지 못하고 주저하자 이여송이 이 모습을 보고 웃으면서 말했다.

"이렇게 희귀한 진미를 어찌 드시지 않으십니까?"

그리고는 이여송이 한 마리를 집어 먹으니 그 자리에 있던 자들이

모두 두 눈썹을 찡그렸고, 선조 임금의
얼굴색도 변했다.

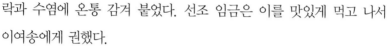

　그 모습을 보고 있던 이항복은 밖
으로 나와 산낙지 일곱 마리를 급히
구해 와서 쟁반에 담아 상에 올렸다.
선조 임금이 얼른 젓가락으로 하나를 집
어 입으로 가까이 가져가자 산낙지 발이 젓가
락과 수염에 온통 감겨 붙었다. 선조 임금은 이를 맛있게 먹고 나서
이여송에게 권했다.

　하지만 이여송은 그저 눈썹만 찡그릴 뿐 차마 입에 대지 못했다. 선
조 임금이 이를 보고 웃으며 말했다.

　"대국의 계수나무 벌레와 소국의 산낙지를 서로 비교해 보니 어떠
하시오?"

　이에 이여송은 그저 크게 웃어 넘기더니 곧 다른 말을 꺼냈다.

　이때 함께 있던 김응서가 앞으로 나서며 말했다.

　"오늘 잔치에 마땅히 즐길 것이 없사오니 소장이 검무를 추어도 되
겠나이까?"

　이여송이 허락하자 김응서는 즉시 번쩍이는 군복을 입고 두 손에
칼을 잡더니 검무를 추기 시작했다. 햇빛에 번뜩이는 칼날의 빛으로
몸을 휘감으며 도는 모습이 마치 흰 눈이 날리는 듯하더니, 홀연 사람
은 보이지 않고 빛나는 은 항아리 하나가 공중에서 구르고 있었다. 양
손에 잡은 칼을 휘두르며 빠르게 도는 김응서의 모습은 마치 은 항아

리가 구르고 있는 것 같았고, 구경하던 사람들은 칭찬을 아끼지 않았다. 그 후 이여송은 명나라로 돌아갔고 심유경, 오유충, 왕필적만 남아 군사들을 이끌고 성주 곳곳에 머물렀다.

조선 백성들 중 노인들과 힘이 약한 자들은 군량 운반에 지쳤고, 장정들은 싸움에 지쳤다. 또 돌림병이 일어나 백성들은 계속 죽어 갔다. 돌림병을 피해 심유경은 군사들을 남원으로 옮겼다. 그러다 얼마 안 있어 다시 한양으로 옮겨 와서 십여 일 동안 머물다가 서쪽으로 갔다. 왜적이 한양에서 물러갔다고는 해도, 일부 왜적들은 여전히 바닷가에 진을 치고 있었기 때문에 인심은 매우 흉흉했다.

이때 심유경은 일본에 가서 항복 문서를 받아 일본 사신 소섭과 함께 명나라로 갔다. 그러나 명나라 황제는 이를 거짓 항복 문서로 의심하고 있었다. 마침 왜적이 진주성을 공격하여 무너뜨렸다는 소식이 전해지자, 황제는 항복 문서가 거짓이라고 확신하고 소섭을 일본에 오랫동안 돌려보내지 않았다. 그러면서 한편으로는 소섭과 세 가지 약속을 했다. 그 하나는 일본 관백 평수길에게 왕의 칭호는 내리되 명나라에 조공을 바치는 것은 허락하지 않는다는 것이었다. 또 하나는 왜적은 한 명이라도 부산에 머물지 못한다는 것이었고, 마지막 하나는 다시는 조선을 침략하지 않아야 한다는 것이었다. 소섭은 하늘을 가리키며 맹세했다.

"약속대로 따르겠습니다."

황제는 심유경에게 명했다.

"소섭을 데리고 왜의 진영으로 가라."

황제는 이종성을 상사로, 양방현을 부사로 임명하여 심유경과 함께 일본에 사신으로 보내 평수길에게 왕의 직위를 주었다. 또한 아직 조선에 진을 치고 있는 왜적을 다 일본으로 돌려보내라고 명했다. 이에 이종성 일행은 먼저 조선에 이르러 왜적에게 돌아가라고 재촉했다. 그러자 왜적은 일단 거제와 웅천의 진영 두어 개를 거두어 약속을 지키는 듯하더니, 곧 이렇게 말했다.

"너희가 평양에서 화친하겠다는 말로 이미 우리를 한 번 속였다. 이번에는 황제의 사신이 직접 우리 진영에 와야 약속대로 할 것이다."

이에 부사 양방현이 먼저 부산에 이르렀는데, 왜적은 다시 상사인 이종성을 보내라고 요청했다. 왜적이 계속해서 여러 번 요청하자, 이종성은 마지못해 부산으로 갔다. 그러나 평행장은 이종성을 만나지 않고 이렇게만 말했다.

"내가 일본의 관백을 뵙고 온 후에 명나라 사신을 맞으리라."

하지만 평행장은 일본에 갔다가 몇 달 뒤에 돌아와서도 여전히 군사를 거두지 않았다. 심유경은 이종성을 왜의 진영에 머물게 하고, 평행장과 함께 다시 일본에 들어갔으나 그 후로 소식이 끊겼다. 이종성은 본래 겁이 많은 인물이었는데, 어떤 사람이 이종성에게 말했다.

"평수길이 진실로 항복할 뜻은 없고, 다만 그대를 잡아 가두려고 하는 것이다."

이종성은 이 말을 듣고 몹시 두려워하다가 밤이 오길 기다렸다. 날이 저물자 그는 몰래 군복 대신 평범한 백성의 옷으로 갈아입고 달아나, 큰길을 피해 산골짜기를 타고 넘어 명나라로 돌아갔다.

한편 심유경은 양방현이 홀로 왜의 진영에 머무른 지 수개월이 지나서야 조선으로 돌아왔다. 그러나 서생포와 죽도의 왜적만 겨우 거두게 하고, 부산에 있는 왜적은 그대로 둔 채 양방현과 함께 다시 일본으로 가기로 했다. 심유경이 이번에는 조선 사신도 함께 데려가려 하자, 조정에서는 의논 끝에 황신을 보내기로 했다.

심유경은 황신과 더불어 즉시 일본으로 가서 평수길을 만났다. 평수길이 처음에는 엄숙한 태도로 왕의 직위를 받으려 하다가 홀연 좌

우에 늘어서 있던 신하들에게 물었다.

"조선 사신은 어떤 사람이냐?"

"조선에서 낮은 벼슬을 하는 황신이옵니다."

소섭이 대답하자 평수길이 벌컥 화를 냈다.

"내 일찍이 조선 왕자를 돌려보냈으니 조선은 마땅히 내게 왕자를 보내어 사례를 해야 할 것인데 벼슬이 낮은 신하를 사신으로 보내다니, 이는 분명 나를 업신여기는 것이다!"

평수길은 왕의 직위도 받지 않고 더욱 화만 낼 뿐이었다. 황신은 임금이 준 국서도 전하지 못하고 심유경을 재촉하여 조선으로 황급히 돌아왔다. 가등청정이 대군을 거느리고 이들의 뒤를 따라오더니 부산에 이르러 말을 전했다.

"조선 왕자가 와서 사례하지 않으면 우리도 군사를 물리지 않겠다."

평수길은 조선 왕자가 일본에 오기를 원했다. 또한 명나라 황제로부터 왕의 직위를 받는 것뿐만 아니라 명나라에 조공을 바칠 수 있길 원했다. 그러나 명나라 황제가 단지 왕의 직위만 허락하자 조선에 있는 군사를 물리지 않은 것이다.

사실 처음부터 심유경은 왜의 진영에 드나들면서도 평행장과 제대로 의견을 나누지 못하고 강화에 실패했다. 그러나 이를 숨기면서 바로잡으려고 하다가 오히려 왜적에게 속은 것이다. 조선에서는 서둘러 명나라에 사신을 보내어 이 사실을 알렸다. 이로 인해 병부 상서 석성과 심유경은 명나라로 돌아가고, 구원병은 다시 조선에 왔다.

백성은 진실을 알고 싶다

임진왜란에 관련된 여러 가지 소문에 대한 진실이 밝혀져 장안의 화제가 되고
있습니다. 전쟁 중에는 항상 이런저런 소문이 나돌기 마련이지만, 유언비어로 여겼던
소문은 사실이고 철석같이 믿었던 이야기는 거짓이었다고 하니 충격이 아닐 수가
없습니다. 전쟁이 끝난 후에도 조선을 술렁이게 한 이야기들을 들어 봅시다.

긴급 취재 논개는 기생이 아니었다?!

치열했던 진주성 싸움에서 왜장 게야무라 로쿠스케와 함께 남강에 떨어
져 죽은 논개가 기생이 아님이 밝혀졌다. 논개는 유몽인이 《어우야담》에
서 충절 높은 관기라고 소개한 뒤 지금까지 기생으로 알려져 왔다. 이 때
문에 나라에서 임진왜란 때의 충신과 열녀 이야기를 수록한 《동국신속
삼강행실도》를 편찬할 때도 기생이라는 이유로 논개의 이름은 책에서
빠졌다. 그러나 《호남절의록》, 《고로상전(古老相傳)》 등의 문헌을 통해 논
개가 양민의 딸로, 당시 병마절도사 최경회의 후처였다는 사실이 드러
났다. 논개는 최경회가 전사하자 비장한 마음으로 자신을 기생이라고 속
이고 연회에 참석하여 왜장과 함께 죽은 것이다. 당시 스무 살이었던 논
개는 아버지 주달문과 어머니 박 씨 사이의 외동딸인 것으로 알려졌다.

밀착 취재 선조 임금 망명설 파문

전쟁이 일어나자마자 피란을 떠나 구설수에 올랐던 선조 임금이 이번
에는 '명나라 망명 발언'으로 다시 논란을 일으켰다. 실록에 실린 "나
의 뜻은 본디 명나라로 건너가 귀화하려는 것이었소."라는 구절이, 세
자 광해군에게 보낸 편지와 함께 공개되면서 파문이 더욱 커졌다. 특
히 "천자의 나라에서 죽는 것은 괜찮으나 왜적의 손에 죽을 수는 없
다."는 부분은 백성의 분노를 부추겼다. 다음은 선조가 세자에게 보
낸 편지의 일부이다.

나는 명나라로 들어갈 것인데 부자(父子)가 함께 압록강을 건너면 나
라에 임금이 없어진다. 나는 이미 망한 나라의 임금이니 세자는 낡은
건물을 다시 지어 조종(祖宗)의 혼령을 위로하라.

화젯거리 흑인 용병, 임진왜란에 참전하다

흑인들이 임진왜란에 참전했다는 사실이 뒤늦게 밝혀졌다. 명나라 군대 소속인 이들은 선조 임금이 명나라 군사들을 위로하기 위해 벌인 잔치 자리를 통해 처음 알려졌다. 당시 그 자리에 있던 사관은 이들에 대해 "이름은 해귀(海鬼), 노란 눈동자에 얼굴빛은 검고 사지와 온몸도 모두 검다. 턱수염과 머리카락은 검은 양털처럼 짧게 꼬부라졌다. 며칠 동안 물속에 있으면서 물고기를 잡아먹을 수 있다."라고 실록에 썼다. 그러나 기대와는 달리 흑인 군사들의 전투 능력은 그다지 뛰어나지 않아 실망을 안겨 주고 있다. 이익은《성호사설》에서 다음과 같이 밝혔다.

> 명나라 장수 유정은 경주에서 왜를 공격할 때 단 한 번도 공을 세우지 못했다. 왜 해귀를 시켜 물속으로 들어가 왜선의 밑창을 뚫어 침몰시키지 않았을까? 도대체 이해할 수가 없다.

심층 취재 이이는 정말 십만 양병설을 주장했는가?

율곡 이이의 십만 양병설 주장이 사실이 아니라는 의견이 조심스럽게 제기되고 있다. 이이는 생전에 그런 주장을 한 적이 없고, 이이가 죽자 율곡학파가 자신들의 정치 기반을 확실히 하기 위해 만들어 낸 이야기라는 것이다. 십만 양병설이《선조실록》은 물론 당시의 어떠한 문서에서도 언급되지 않다가, 나중에 이이의 제자들이 쓴《율곡행장》이나 율곡학파가 정권을 잡은 뒤 다시 쓴《선조수정실록》에만 기록되어 있다는 점이 증거로 제시되고 있다. 또한 이이가 병조 판서로 있을 때 임금에게 올린〈육조계〉에는 백성의 생활 수준을 끌어올려야 한다는 주장이 더 강하게 드러나 있다. 십만 양병설은 당시 조선의 인구나 재정을 생각해 볼 때 불가능했으며, 각 도에 군사를 만 명씩 두는 일은 역모와 반란을 부추길 수 있었다. 이이가 과연 그런 무리한 주장을 했을까? 의문이 커지는 가운데 논의는 앞으로도 계속될 전망이다.

우리도 장군을 좇아 죽을까 하나이다

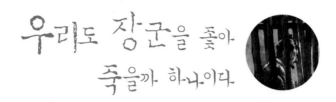

한편 경상 수사 원균은 이순신의 도움으로 겨우 목숨을 건지고 군사를 구한 뒤 얼마 동안 화목하게 지냈다. 그러나 오래 지나지 않아 서로 공을 두고 다투는 일이 잦아지자, 조정에서는 원균을 충청 병사로 옮기게 했다. 원균은 천성이 시기와 질투가 심했는데, 일이 이렇게 되자 틈만 나면 이순신을 모함하여 벼슬을 빼앗으려 했다.

이때 왜장 평행장은 거제에 진을 치고 있으면서 갖은 꾀를 내어 이순신을 없애려 했다. 하루는 부하 장수 요시라를 은밀히 불러 말했다.

"조선 장수들 사이를 이간질할 만한 꾀를 내어 실행하라."

이에 요시라는 즉시 김응서의 진영에 들어가 은근히 말했다.

"우리 주장인 평행장은 조선과 강화할 뜻을 품고 있는데, 가등청정은 홀로 싸움을 주장하고 있소. 이로 인해 지금 두 장군은 서로 사이가 벌어져 평행장은 곧 가등청정을 죽일 마음을 품고 있소. 머지않아 가등청정이 다시 조선을 치러 나올 것인데, 그때 우리가 가등청정에 대한 정보를 미리 알려 주겠소. 이를 잘 듣고 이순신이 때를 맞춰 공격하면 능히 가등청정을 죽일 수 있을 것이오. 그리하면 조선은 원수를 갚고, 또 우리 주장 평행장도 맺힌 한을 풀 수 있을 것이오."

김응서는 곧바로 이 사실을 조정에 알렸다. 조정에서는 요시라의 말을 굳게 믿고, 이순신에게 평행장과 내응하여 가등청정을 치라고 했다. 권율도 한산도에 이르러 이순신에게 말했다.

"그대는 마땅히 요시라의 말을 좇아 이 기회를 놓치지 말라."

그러나 이순신은 이것이 왜적의 간사한 꾀인 줄 알아차리고 출전하기를 주저했다.

정유년(1597) 정월, 웅천에서 보고가 들어왔다.

"이번 달 15일에 가등청정이 군사를 모두 거느리고 장문포에 이르렀습니다."

곧이어 요시라에게서도 소식이 왔다.

"가등청정이 이미 배에서 내려 육지에 올랐소. 적을 잡을 만한 기회를 잃었으니 참으로 아깝소이다."

조정의 신하들은 이 소식을 듣고 책임을 이순신에게 돌리며, 이순신을 잡아서 엄하게 죄를 물으라는 내용의 상소를 임금에게 올렸다.

* **이간질** 두 사람이나 나라 따위의 중간에서 서로를 멀어지게 하는 짓.
* **내응(內應)** 내부에서 몰래 적과 통하는 것.

이에 선조 임금은 즉시 금부도사를 보내어 이순신을 잡아 오게 하고, 대신 원균을 통제사로 임명했다. 그리고 한편으로는 몰래 이신이라는 자를 호남 지방에 어사로 보내어 진상을 알아보게 했다.

이신이 호남 지방에 이르자 호남 백성들이 다투어 길을 막고 이순신의 억울함을 호소했다. 그러나 이신은 제대로 조사하지도 않고 조정으로 돌아와 거짓된 말로 선조 임금에게 아뢰었다.

"왜적의 배가 바다 위에 칠 일 동안 머물러 있었다고 하옵니다. 우리 수군이 나가 공격했다면 틀림없이 가등청정을 사로잡았을 텐데 이순신이 진격을 지체하는 바람에 기회를 잃었사옵니다."

이때 김명원과 정탁이 대궐에 들어와 있다가 이신의 말을 듣고 임금에게 아뢰었다.

"전하, 아뢰옵기 황공하오나 이신의 말은 사실이 아닌 듯하옵니다. 물에 익숙한 왜적이 칠 일 동안이나 이유 없이 바다 위에 머물러 있었다는 것은 말이 되지 않습니다."

선조 임금이 대답했다.

"짐의 생각도 그러하오. 이를 자세히 살펴 밝히시오."

훗날 원균이 왜적에게 패하고 이순신이 다시 통제사가 되어 공을 세웠을 때, 이신에게 한 동료가 조용히 물었다.

"왜적의 배가 바다 위에 칠 일 동안 머물렀다는 말을 대체 누구에게 들었는가? 후에 내가 어사로 임명되어 호남에 갔을 때, 그런 말은 전혀 듣지 못했네."

그러자 이신은 부끄러워하며 아무런 대답도 하지 못했다.

정유년(1597) 2월, 이순신이 원균의 모함에 빠져 한양으로 잡혀가자 백성들은 길에 가득 모여 울부짖었다.

"지금 장군께서는 어디로 가십니까? 우리도 장군을 좇아 죽을까 하나이다."

수많은 백성이 울며 이순신이 탄 수레를 뒤따라갔다.

마침내 한양에 이르러 감옥에 갇힌 이순신에게 어떤 사람이 말했다.

"뇌물을 바치지 않으면 죽음을 면하지 못할 것이오."

"대장부가 죽을 운명이면 마땅히 죽을 각오를 해야지, 어찌 뇌물을 주어서 구차하게 살기를 꾀한단 말이오?"

이순신은 당당하게 대꾸하고는 조금도 흐트러짐 없이 앉아 있었다.

이때 이순신의 부하였던 한 장수의 가족들이 한양에 있었는데, 이순신이 감옥에 갇힌 것을 보고 혹시나 자기들도 연루되어 잡혀갈까 두려워했다. 그러나 이순신은 신문을 당하면서 어느 누구의 이름도 말하지 않았다. 이 이야기를 전해 들은 사람들은 모두 감탄했다.

선조 임금이 의금부에 명하여 일차로 이순신을 신문하게 하고, 다시 조정 대신들에게 명하여 이차로 신문을 하게 했다. 이때 정탁이 임금에게 아뢰었다.

"전하! 이순신은 여러 번 큰 공을 세운 장수이니 죽이지는 마시옵소

● **금부도사**(禁府都事) 의금부에 속하여 임금의 특명에 따라 중한 죄인을 신문하는 일을 맡아보던 종오품 벼슬.
● **통제사**(統制使) 임진왜란 때 경상, 전라, 충청 세 도의 수군을 통솔하는 일을 맡아보던 무관 벼슬.

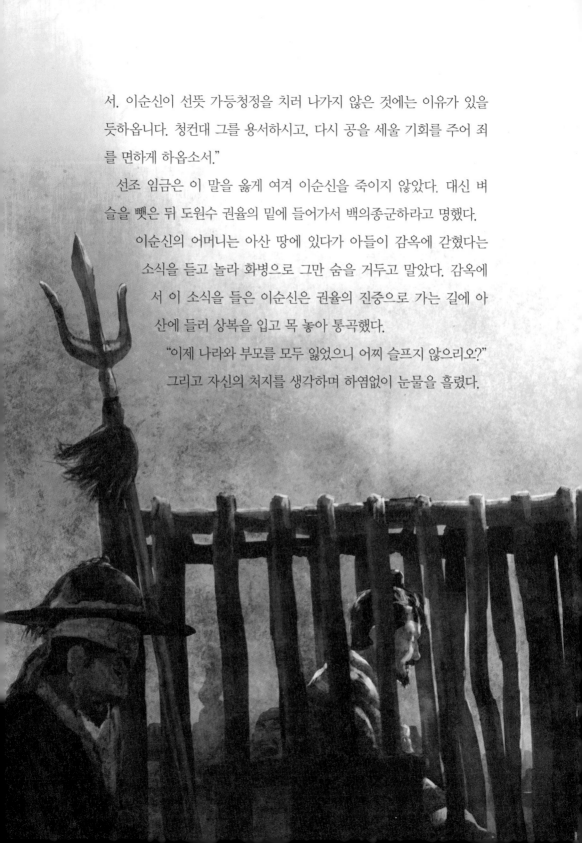

서. 이순신이 선뜻 가등청정을 치러 나가지 않은 것에는 이유가 있을 듯하옵니다. 청컨대 그를 용서하시고, 다시 공을 세울 기회를 주어 죄를 면하게 하옵소서."

선조 임금은 이 말을 옳게 여겨 이순신을 죽이지 않았다. 대신 벼슬을 뺏은 뒤 도원수 권율의 밑에 들어가서 백의종군하라고 명했다.

이순신의 어머니는 아산 땅에 있다가 아들이 감옥에 갇혔다는 소식을 듣고 놀라 화병으로 그만 숨을 거두고 말았다. 감옥에서 이 소식을 들은 이순신은 권율의 진중으로 가는 길에 아산에 들러 상복을 입고 목 놓아 통곡했다.

"이제 나라와 부모를 모두 잃었으니 어찌 슬프지 않으리오?"

그리고 자신의 처지를 생각하며 하염없이 눈물을 흘렸다.

한편 속임수로 이순신을 쫓아내는 데 성공한 요시라는 다시 김응서 진영에 들어와 거짓으로 말했다.

"가등청정이 다시 군사를 이끌고 조선을 치러 올 것이오. 이번에는 기회를 놓치지 말고 군사를 준비했다가 반드시 쳐서 가등청정을 사로 잡도록 하시오."

권율은 그 말을 굳게 믿었을 뿐만 아니라 전에 이순신이 지체하고 나아가지 않아 벌 받은 것을 보았기에 더욱 원균에게 진격하라고 재촉했다. 원균은 형편이 어려운 줄 알고는 있었으나, 마지못해 수군을 이

● **백의종군**(白衣從軍) 벼슬 없이 군대를 따라 싸움터로 가는 것.

끌고 바다로 나갔다. 왜적은 언덕 위에 진영을 세우고 있다가, 드디어 조선의 배가 바다로 나오는 것을 보고 서로 소식을 전했다.

조선의 군사들이 절영도에 이르렀을 때는 이미 날이 저물어 있었다. 원균은 바다 위에 왜선 수백 척이 오가는 것을 보고, 바로 나가 싸우려고 했다. 그러나 군사들은 한산도에서부터 하루 종일 노를 저어 온 탓에 힘이 빠진 데다 갈증이 심해 더 이상 앞으로 나아갈 수가 없었다. 밤이 깊자 조선의 배들은 이리저리 물결에 떠밀려 다니는 지경이 되었다. 그러다가 겨우 가덕도에 이르자 군사들은 갈증을 참지 못하고 서로 앞다투어 배에서 내렸다. 그러고 나서 우물을 찾아 정신없이 물을 마시고 있는데, 갑자기 어디선가 왜적이 달려 나와 조선 군사들을 습격했다. 원균은 졸지에 군사 백여 명을 잃고 황급히 거제 칠천도로 물러 나왔다. 이 소식을 듣고 권율은 고성에서 원균을 불러 꾸짖었다.

"예전에 이순신을 두고 싸움도 못하고 왜적을 두려워한다고 하더니, 그대는 무슨 까닭으로 적을 공격하지 못했는가?"

화가 난 권율은 원균을 형틀에 잡아매고 곤장을 친 후 돌려보냈다.

그날 밤 원균은 분에 못 이겨 술을 잔뜩 마시고 취한 채로 장막 안에 누웠고, 이 모습을 본 부하 장수들은 분하고 낙심하여 몰래 달아나려고 했다.

이때 왜적이 몰래 원균의 진영에 이르러 사방을 에워싸고 있다가 갑자기 공격하자, 군사들은 크게 놀라 모두 사방으로 달아났다. 원균 또한 놀라서 작은 배를 타고 도망하여 해변에 배를 버리고 언덕으로 올

라갔다. 그러나 살이 찐 탓에 움직임이 둔하여 멀리 달아나지도 못하고 나무 아래에 주저앉아 버렸다. 그러자 뒤따르던 군사들은 원균만 남겨 놓고 모두 달아났다.

한편 경상 수사 이억기는 뒤늦게 원균이 이끌던 조선 수군이 왜적에게 패한 것을 알고 달려들어 힘껏 싸웠다. 그러나 왜적의 기세가 점점 강해지자 더 이상 살길이 없음을 알고 스스로 물에 빠져 죽었다. 이로써 삼도의 수군이 왜적에게 몰살당하고 말았다. 왜적은 한산도에서 승리한 기세를 몰아 곧 남해와 순천을 무너뜨리고, 이어서 남원을 습격하니, 전라도와 충청도 백성이 크게 두려워했다.

그동안 왜적은 조선을 침략하여 북쪽까지 승승장구하며 진격했으나, 수군만은 무너뜨리지 못했다. 이에 평수길은 평행장을 심히 다그치며 반드시 조선 수군을 무찌르라고 명했다. 그러자 평행장이 간사한 꾀를 내어 먼저 이순신을 잡혀가게 한 후에, 원균을 유인하고 일시에 공격하여 결국 조선의 수군을 무너뜨린 것이다. 그러나 조선에서는 왜적의 꾀에 빠진 줄도 모르고 있었으니 참으로 안타까울 뿐이다.

장군의 명성이 헛말이 아니었구려

이때 이순신은 권율을 따라 초계에 머물러 있었다. 권율은 원균이 패했다는 소식을 듣고, 급히 이순신을 진주로 보내 흩어진 군사들을 불러 모으게 했다. 조정에서는 뒤늦게 한산도가 무너졌다는 소식을 듣고 놀라서 어찌할 줄 몰랐다.

선조 임금은 조정의 모든 신하를 불러 놓고 의논을 했다. 상황이 막막하여 신하들이 감히 나서지 못하고 있는데, 김명원과 이항복이 아뢰었다.

"전하! 이는 모두 원균의 죄이옵니다. 다시 이순신에게 삼도의 수군을 맡기소서."

선조 임금이 이를 옳게 여겨 이순신을 다시 통제사로 임명하자, 뿔뿔이 흩어졌던 군사들이 이 소식을 듣고 모여들었다. 이순신은 즉시 군관 십여 명과 군사 수십 명을 거느리고 옥과로 달려갔다. 거기서도 많은 사람이 이순신을 따랐다. 이순신은 다시 순천에 이르러 무기를 거두어들인 다음 보성으로 갔다. 각 고을을 지날 때마다 많은 사람이 이순신을 따르니, 군사의 수가 어느덧 백여 명이 넘었다.

이순신이 여러 고을을 거쳐 드디어 해평도에 이르러 보니 군선은 겨우 십여 척만 남아 있었다. 이순신은 전라 수사 김억추를 불러 명령을 내렸다.

"그대는 빨리 군선을 거두어 정돈하라."

이순신은 또 다른 장수들을 불러 명령했다.

"서둘러 군선을 만들어라."

그러고 나서 모든 군사를 모이게 한 다음 그 앞에서 맹세를 했다.

"우리가 임금님의 명을 받았으니 마땅히 죽기를 각오하고 싸워 은혜를 갚아야 하리라."

이 말을 들은 모든 군사가 감동했다.

이순신은 군사들을 훈련시키고 군선을 정비한 후에 어란도로 갔는데, 갑자기 적선 십여 척이 나와서 공격했다. 이를 본 이순신이 북을 울리고 깃발을 휘두르며 군선을 재촉하여 짓쳐 나가자, 왜적은 제대로 싸워 보지도 못하고 배를 돌려 달아났다. 이순신은 이를 뒤따라가 무찌르고, 진도 벽파진에 진을 친 후에 경상 우병사 배설과 왜적을 물리칠 대책을 의논했다. 배설이 말했다.

"아직 우리 조선 수군의 힘이 약하니, 모두 배를 버리고 육지에 올라가 도원수 권율의 진중으로 들어가 때를 기다리는 것 외에는 길이 없을 듯하오."

그러나 이순신은 이 말을 듣지 않았다. 배설은 혼자 몰래 군사를 버리고 도망가다가 잡혀서 죽임을 당했다. 이순신은 계속 진격하고 있었는데, 갑자기 적선 이십여 척이 달려드는가 싶더니 금세 달아나버렸다. 이를 가만히 살피던 이순신은 징을 쳐 군사들을 거두면서 명했다.

"오늘 밤에 왜적이 반드시 다시 올 것이니 모든 장수는 방심하지 말고 준비하라."

이날 밤, 이순신의 말대로 왜적이 이순신의 진 앞에 이르러 일시에 포를 쏘아 댔다. 그러나 조선 수군은 전혀 놀라지 않고 맞서서 포를 쏘았다. 그러자 왜적은 조선 수군이 미리 대비하고 있었음을 알고 즉시 물러났다.

한편 조정에서는 이순신이 홀로 왜적을 막지 못할 것이라 여겨, 그에게 육지에 올라와 싸우라고 명했다. 이순신은 즉시 선조 임금에게 글을 올렸다.

임진년부터 지금까지 오륙 년 동안에 왜적이 전라도와 충청도를 멋대로 돌아다니지 못한 것은 조선 수군이 중요한 곳을 굳건히 지켜 왔기 때문입니다. 지금 신에게는 군선 육십 척이 있사옵니다. 이를 거느리고 죽기를 각오하여 싸운다면 반드시 적에게 승리할 것이옵니다. 만일 수군이 패한다면 왜적이 전라도와 충청도를 함락시키고 곧바로 한강을 건널 것이니, 이는 참으로 두려운 일이옵니다. 그러나 신이 죽기 전에는 결코 왜적이 감히 조선을 업신여기지 못하게 할 것이옵니다.

조정에서는 이순신의 글을 보고 조금이나마 안심을 했다.

정유년(1597) 9월, 왜적의 배 수백 척이 바다를 건너오자 이순신은 부하 장수들과 함께 군선 십여 척을 거느리고 나가 싸웠다. 이때 거제 부사 안위가 왜적의 기세에 겁을 먹고 몰래 도망하려다가 이순신에게 들켰다.

이순신이 안위의 배 앞으로 나오면서 호령했다.

"안위야! 네가 지금 달아나면 살 수 있을 것 같으냐!"

안위가 놀라 황급히 대답했다.

"장군! 제가 어찌 진격하지 않겠습니까!"

안위가 있는 힘을 다해 적선을 향해 달려들었으나, 순식간에 왜적에게 포위당하여 배가 함몰할 위기에 처했다. 이순신이 이것을 보고 급히 달려들어 구하려 했지만, 적선 수백 척이 이순신의 배 또한 포위해 버렸다.

대포 소리와 군사들이 지르는 함성 소리가 뒤섞이고, 총탄과 화살이 배 위로 어지럽게 날아들었다. 이순신은 배 위에 설치한 누각에 올라가 군사들을 지휘했다. 화살과 돌이 날아드는 것도 아랑곳하지 않고 몸소 북을 울리며 싸움을 독려했다. 군사들은 이러한 이순신을 보고 감동하여 서로 격려했다.

"우리가 이렇게 싸울 수 있는 것은 통제사를 믿기 때문이다. 어찌 죽음을 두려워하겠는가?"

그러고는 모든 군사가 힘을 합쳐 적선을 공격하자 배 한 척으로 능히 왜적의 배 열 척 이상을 당해 낼 수 있었다.

오전 열 시경부터 시작된 전투는 오후 네 시경까지 이어졌다. 좀처럼 승부가 나지 않다가 저녁때가 되자 드디어 왜적이 물러나기 시작했다. 이순신이 틈을 놓치지 않고 모든 군선을 이끌고 공격하여 적선 너댓 척을 한꺼번에 함몰시키자, 마침내 왜적은 배를 돌려 달아났다.

이순신은 군사를 거두어 장사도로 진을 옮긴 후에 조정에 첩서를 올렸다. 선조 임금이 크게 기뻐하며 이순신에게 상을 내린 후 벼슬을 높여 주려고 했지만, 조정의 신하들이 이를 말리며 아뢰었다.

"전하! 지금 이순신의 벼슬을 높여 주면, 뒷날 또 공을 세운 후에는 더 이상 높여 줄 벼슬이 없을 것이옵니다."

선조 임금은 이 말을 듣고, 이순신의 부하 장수들만 벼슬을 올려 주었다.

한편 이순신에게 면이라는 막내아들이 있었는데, 어려서부터 지혜롭고 용맹하여 평소에 이순신이 매우 사랑했다. 면은 홀로 어머니를 모시고 살고 있었는데, 정유년에 왜적이 쳐들어오자 종 몇 명을 데리고 나가 화살로 쏘아 죽였다. 그리고 도망가는 왜적을 쫓아가는데, 갑자기 매복해 있던 왜적이 나타나 달려들었다. 면은 힘껏 맞서서 싸웠으나 결국 목숨을 잃고 말았다.

이 소식을 들은 이순신은 몹시 슬픈 나머지 점점 정신이 흐트러졌지만, 스스로 몸을 단련하면서 마음을 바로잡으려고 애썼다. 그는 고금도로 진을 옮기고 나서 밤에 홀로 왜적을 물리칠 궁리를 하던 중 책상에 기대어 잠깐 졸고 있었다. 그런데 갑자기 죽은 아들 면이 나타나 슬피 울며 말했다.

"아버님! 어찌하여 소자를 죽인 왜적을 죽이지 않고 살려 두십니까?"

"네가 살아 있을 때 지혜와 용기가 뛰어나 내가 너를 아끼고 사랑했다. 비록 죽어 혼이 되었다고 하나 어찌 왜적 하나를 스스로 죽이지 못하느냐?"

"소자는 왜적의 손에 죽었기에 혼이 되어서도 왜적이 두렵습니다."

면의 대답을 듣고 이순신이 놀라서 깨어 보니 한바탕 꿈이었다. 이순신은 슬픔을 이기지 못해 모든 장수를 불러 놓고 꿈 이야기를 했다. 그러다가 다시 몸이 피곤하여 눈을 감았는데, 아들 면이 또 나타나 울면서 말했다.

"아버님! 아버님께서는 어찌 소자의 원수를 갚지 않으시고 왜적을 진중에 두고 계십니까?"

이순신이 놀라서 깨어 보니 또 꿈이었다. 문득 이상한 생각이 들어 곁에 있던 부하를 불렀다.

"여봐라! 우리 진중에 사로잡아 온 왜적이 있느냐?"

"오늘 아침에 왜적 한 명을 잡아 배 안에 가두어 두었나이다."

이순신은 당장 그 왜적을 잡아 오게 하여 조선에 와서 저지른 모든 일을 낱낱이 아뢰라고 명했다. 그런데 왜적의 말을 들어 보니 그가 바로 아들 면을 죽인 자였다. 이순신은 즉시 그 왜적을 찢어 죽여 아들 면의 원수를 갚았다.

그 후 이순신은 군선 수십 척을 거느리고 진도 벽파진 아래에 진을 쳤다. 왜장 마안둔과 마득시가 군선 이백여 척을 거느리고 공격해 오자, 이순신은 배마다 대포를 싣고 나가 어지럽게 쏘아 댔다. 마득시가 이순신의 공격을 당해 내지 못하고 달아나자, 이순신은 뒤를 쫓아가 적선을 부수고 왜장 마안둔의 목을 베었다.

왜장의 목을 돛대에 높이 달아매고 호령하자 군사들의 함성 소리가 바다를 뒤흔들었다. 이순신은 다시 군선을 몰고 나가 고금도에 진을 쳤다. 이때 이순신을 따르는 군사가 이미 팔천여 명이 넘었고, 남녘에서 피란하여 오는 백성이 수만여 명이었다.

이듬해 7월에 명나라 수군 도독 진린이 한양에 이르렀는데, 천성이 우악스럽고 사나워 사람들과 뜻이 잘 맞지 않았다. 진린은 고금도로 가서 이순신과 더불어 왜적을 쳐야 했기 때문에 선조 임금이 직접 나와 진린을 환송했다.

한양을 떠나 남해로 가는 길에 명나라 장수 한 명이 고을 수령을 욕하며 꾸짖는데, 진린은 조금도 말리려는 기색이 없었을 뿐만 아니라 찰방 이상규를 얼굴에서 피가 철철 흐르도록 심하게 때렸다. 선조 임금이 이 소식을 듣고 이순신에게 편지를 보냈다.

진린에게 예의를 차려 후하게 대접하고, 화가 나지 않도록 조심히 대하라.

이순신은 임금의 글을 읽고 진린에게 베풀 술과 안주를 풍성하게 준비했다. 진린이 고금도에 도착하자 예의를 다해서 맞이하고 큰 잔치를 베풀어 후하게 대접했다. 또한 그의 군사들에게도 정성스럽게 음식을 베풀자, 그의 부하 장수가 진린에게 말했다.

"장군! 이순신은 참으로 훌륭한 장수이옵니다."

진린 또한 이를 듣고 기뻐했다.

하루는 진린과 이순신이 왜적을 무찌를 대책을 의논하고 있었는데, 갑자기 적선 수백 척이 쳐들어왔다는 보고가 들어왔다. 이순신은 진린과 더불어 각각 군선을 거느리고 서둘러 녹도로 나갔다.

왜적은 짐짓 뒤로 물러가는 척하며 조선 수군을 유인하려 했다. 이순신은 쫓아가지 않고 배를 되돌려 절이도로 돌아와 매복했다. 진린 또한 군선 수십여 척을 몰아 이순신을 도왔다. 그 사이 잠시 틈을 내어 진린과 이순신이 더불어 술을 먹고 있는데, 진린의 부하 장수가 들어와 아뢰었다.

"오늘 아침에 조선 군사는 왜적 백여 명을 죽였으나, 천병은 바람이 불리하게 불어 왜적을 하나도 잡지 못했습니다."

이 말을 듣고 진린이 크게 화를 내며 그 장수를 밀어 내쳤다. 잡았던 술잔도 땅에 던지니 이순신이 진린의 속마음을 알고 말했다.

　"진 노야는 구원병의 장수로 이곳에 왔으니 우리의 승리는 곧 노야의 승리입니다. 노야의 복으로 싸움에 나간 지 오래지 않아 첩서를 명나라 조정에 올렸으니 얼마나 좋은 일입니까?"

　진린이 이 말을 듣고는 금세 화를 풀고 크게 기뻐하면서 이순신의 손을 잡고 말했다.

　"내 일찍이 그대의 명성을 들었는데, 그것이 헛말이 아니었구려."

　진린은 다시 이순신과 술을 나누며 즐거운 시간을 보냈다.

　그 후로 진린은 이순신의 진중에 있으면서 이순신의 호령이 엄정함을 보고 감복했다. 또한 명나라의 군선을 타고 왜적을 막기가 불편하여 매번 조선 수군의 판옥선을 타고 이순신의 지휘를 따랐다.

● **찰방(察訪)** 각 도에서 문서를 전달하거나 공무로 여행하는 사람의 편리를 도와주던 벼슬.
● **노야(老爺)** 성이나 직함 뒤에 써서 남을 높여 이르는 말.
● **판옥선(板屋船)** 조선 시대에 만들어진, 널빤지로 지붕을 덮은 전투용 배.

진린은 항상 이순신을 이 노야라고 일컬었으며, 명나라 조정에 보내
는 글에서도 이순신을 칭찬했다.

통제사 이순신은 경천위지지재를 품었고, 보천욕일지공이 있습니다.

어느덧 진린은 이순신에게 마음속으로 깊이 복종하고 있었다.

● **경천위지지재**(經天緯地之才) 온 천하를 조직적으로 잘 계획하여 다스리는 재주.
● **보천욕일지공**(補天浴日之功) 하늘을 깁고 해를 가릴 만한 큰 공, 곧 나라를 바로잡은 공.

나는 조선의 수군대장이니

한편 가등청정은 울산에, 평행장은 순천에 나란히 진을 치고 있었고, 평의지는 사천에 머물고 있었는데, 진을 벌여 놓은 길이가 무려 팔백 리가 넘었다. 명나라 장수 양원호와 마귀는 군사 수만 명을 거느리고 조선 장수를 선봉으로 삼아 울산의 왜적을 공격했다.

가등청정은 험한 바닷가를 골라 성을 쌓고 머물러 있었는데, 양원호가 성을 공격하자 군사를 내보내 맞서 싸웠다. 얼마 지나지 않아 왜적이 천병의 공격을 당해 내지 못하고 성으로 되돌아가자, 천병은 기세를 몰아 더욱 강하게 공격했다. 그러나 왜적은 성문을 굳게 닫은 채 성 위에서 총을 쏘고 돌을 던졌다. 상황이 어렵게 되자 양원호는 더 이상 함부로 공격하지 못하고 근심했다.

그날 밤, 김응서가 군사 백 명을 성 밖에 매복해 놓았다가 물을 길러 나온 왜적 백여 명을 잡아 왔는데, 그들의 모습에서 굶주린 흔적을 볼 수 있었다. 이를 본 여러 장수가 양원호에게 아뢰었다.

"성안에 양식이 떨어진 것이 분명하니, 곧 왜적은 스스로 달아날 것입니다."

이에 양원호는 군사를 재촉하여 급히 성을 공격했지만 날씨가 추운 데다 궂은비가 연일 내려 군사들이 제대로 싸우지 못했다. 이때 적선 백여 척이 서생포로 들어와서 성안에 갇혀 있던 가등청정을 구해 달아났다. 양원호는 적의 세력이 만만치 않음을 보고 군사를 거두어 한양으로 돌아왔다.

무술년(1598) 7월, 명나라의 병부 상서 정응태가 양원호를 모함하여 명나라로 잡아갔다. 선조 임금은 이원익을 명나라에 보내 양원호는 죄가 없다고 아뢰었다.

그해 9월에 명나라에서 군무 총독 형개가 다시 왜적을 치기 위해 조선으로 나왔다. 마귀에게 울산을 지키게 하고 동일원에게 사천을 지키게 한 후에, 진린을 재촉하여 왜적을 공격하라고 명했다. 진린은 이순신과 더불어 수군을 거느리고 좌수영 앞에 진을 쳤다가, 왜적이 돌아간다는 소식을 듣고 즉시 군선을 이끌고 순천 예교로 갔다. 이순신은 남해 현감 이행장과 더불어 군선 십여 척을 거느리고 적진을 짓쳐 적선 네댓 척을 격파했다.

한편 명나라 육군 도독 유정이 군사 이만 명을 거느리고 예교에 이르러 평행장을 치려고 하는데, 남해에서 평의지가 군사를 이끌고 와 평행장의 진에 이르렀다. 유정이 이끄는 육군과 진린, 이순신이 거느린 수군이 서로 약속하고 평행장을 공격했다. 이 싸움에서 이순신의 친척인 사도 첨사 황세득이 왜적의 총탄에 맞아 죽었다. 여러 장수가 이순신에게 와서 위로하자 이순신이 말했다.

"황세득이 나라를 위하여 싸우다 죽었으니, 이는 아름다운 일이 아니겠소?"

장수들이 듣고 고개를 끄덕였다.

같은 해 11월, 변성남이라는 사람이 적진에서 도망하여 이순신의 진에 이르러 아뢰었다.

"일본의 관백 평수길이 죽었다고 합니다. 이로 인해 왜적이 급히 돌아가려고 합니다."

그러나 조선 수군에게 길이 막혀 돌아갈 수 없게 되자 평행장은 진린에게 뇌물을 주고 강화하기를 청했다. 진린이 이 일을 이순신에게 전하자 이순신이 말했다.

"나는 조선의 수군 대장이니 왜적과 화친할 수 없소. 또한 절대로 왜적을 일본으로 돌려보내지도 않을 것이오."

진린이 부끄러워 다시 말을 꺼내지 못하고 왜장이 보낸 군졸에게 말했다.

"너희를 돌아가게 하려고 했으나, 이순신이 듣지 않으니 어찌하겠느냐?"

왜의 군졸이 돌아가 이 말을 전하자, 평행장은 다시 조총과 보화를 이순신에게 보내어 강화하기를 간청했다. 그러나 이순신은 오히려 뇌물을 가져온 군졸을 크게 꾸짖으며 말했다.

"임진년 이후에 왜적을 무수히 죽이고 얻은 무기가 산과 같이 쌓였으니 이것을 어디에 쓰겠는가? 마땅히 네 머리를 베고 싶지만 한 번만 용서하겠다. 너는 어서 돌아가 평행장에게 '목을 씻고 죽음을 기다리라.'고 전하라."

왜의 군졸은 이순신을 두려워하며 머리를 감싸 안고 달아났다. 진린은 이미 왜적에게 뇌물을 많이 받았기에 기어이 길을 열어 왜적을 놓아 보내려고 이순신에게 말했다.

"내 잠깐 평행장을 버리고 남해에 진을 치고 있는 왜적을 치려고 하는데 공의 뜻은 어떠하오?"

"남해에 있는 왜적은 본래 조선 백성이며 사실은 왜적이 아닙니다. 어찌 이를 치려고 하시오."

"조선 사람이라 하더라도 왜적을 따라갔으니 이 또한 왜적이오."

"황제께서는 장군을 조선에 보내어 왜적을 소멸하게 하셨습니다. 지금 장군의 말씀은 황제의 뜻에 어긋납니다."

"황제께서 내린 칼이 내게 있는데 감히 내 명령을 거역하려 하오?"

"이 몸이 죽는다 해도 결코 무죄한 백성을 해치게 하지는 않을 것이오."

이순신이 이렇게 적극적으로 말리자 진린도 마음대로 하지 못했다.

11월 17일 초저녁에 평행장은 불을 피워 곤양, 사천에 진을 치고 있는 왜적에게 연락을 취하여 도움을 청했다. 이 왜적은 본래 일본의 산주 출신 군사들로 용맹이 뛰어났다. 평행장은 이들을 선봉으로 삼아 조선 수군을 물리치고 달아나려고 했다. 이를 알고 이순신은 군사들에게 명령을 내려 싸울 준비를 하게 했다.

18일에 적선 오백 척이 남해 곤양과 사천에서 조선 수군 쪽을 향하여 나왔다. 이순신은 진린과 더불어 노량에 이르러 적선 백여 척을 격파한 후 잠시 숨을 고르며, 하늘을 우러러 절을 하고 기도를 올렸다.

"왜적을 전부 무찌르기만 한다면, 이 몸은 죽어도 한이 없을 것이옵니다. 부디 하늘은 굽어 살피어 조선에 퍼져 있는 왜적을 모두 쓸어버리게 하옵소서!"

하늘을 향해 간절히 기도를 하고 있는데, 문득 큰 별 하나가 바다 가운데로 떨어졌다. 이순신이 놀라 탄식하기를 그치지 않았고, 보는 사람들도 모두 놀랐다.

19일에 이순신이 다시 진린과 더불어 남해에 이르러 가등청정과 맞닥뜨렸다. 한창 싸우고 있는데, 갑자기 어디선가 총탄이 날아와 이순신의 가슴을 관통하더니 등을 꿰뚫고 나갔다. 부하들이 쓰러진 이순신을 부축해 급히 장막 안으로 들어가려고 했지만, 이순신이 이를 말리며 명령했다.

"지금은 싸움이 급하다. 나의 죽음을 알리지 말라."

말을 마치자마자 이순신은 숨을 거두었다. 이순신의 조카 이완은 본래 대담하고 꾀가 많은 사람이었다. 그는 이순신의 아들 이회에게 말했다.

"이 일이 알려지면 군사들이 어찌 슬픔을 참을 수 있겠는가? 만일 숙부의 죽음이 알려지면 군사들이 동요할 것이고, 또한 왜적이 이 틈을 타 습격하면 시신도 온전히 보전하지 못할 것이다."

이렇게 말을 마치고는 이순신의 명령인 것처럼 꾸며 싸움을 독려했다. 그때, 진린의 군선이 적선에게 포위되어 거의 함몰될 위기에 처했다. 이완이 황급히 군사를 지휘하여 적선을 짓치자 왜적이 한꺼번에 달아났다. 위기에서 벗어난 진린이 배를 돌려 돌아오며 외쳤다.

"통제사는 어디에 있는가!"

이완이 뱃머리에서 통곡하며 말했다.

"숙부는 돌아가셨사옵니다."

이 말을 들은 진린이 크게 놀라 배 위에서 거꾸러지며 통곡했다.

"통제사는 죽은 후에도 내 목숨을 구했구나. 아아! 이제 누가 조선을 구할 수 있단 말이오?"

진린은 가슴을 치며 통곡하기를 그치지 않았다. 이 소식을 들은 군사들 또한 모두 목을 놓아 통곡했다.

한편 평행장은 죽을 위기를 겨우 모면하여 일본으로 돌아갔으며, 곤양, 사천, 부산 등에 머물러 있던 왜적들도 모두 돌아갔다.

이순신의 아들 회가 영구를 모시고 아산으로 돌아가는데, 지나던 길가의 모든 백성이 눈물을 흘리며 슬퍼했다. 진린과 명나라 장수들 또한 눈물을 흘리고, 만장을 지어 이순신의 공덕을 찬양했다.

진린은 군사를 거두어 돌아가는 길에 아산에 들러 제사를 올리려

• **영구(靈柩)** 시체를 담은 관.
• **만장(輓章)** 죽은 이를 슬퍼하여 지은 글. 또는 그 글을 비단이나 종이에 적어 기(旗)처럼 만든 것으로, 주검을 산소로 옮길 때 상여 뒤에 들고 따라간다.

고 했는데, 마침 명나라 장수 형개가 한양에서 사람을 보내어 빨리 돌아오라고 재촉했다. 그는 어쩔 수 없이 직접 오는 대신에 은 수백 냥을 보내어 위로했다. 이회는 초상 중이었으나 사례하지 않을 수 없어 급히 진린에게 달려갔다. 아산의 큰길에서 진린을 만나자 이회는 말에서 내려 절했다. 진린도 말에서 내려 이회의 손을 잡고 통곡하다가 물었다.

"그대는 무슨 벼슬을 하고 싶은가?"

"지금 초상 중인데 어찌 제가 벼슬을 받겠습니까?"

"명나라에서는 비록 초상 중에 있을지라도 상 주기를 꺼리지 않는데, 조선에서는 상을 주는 것이 너무 느리오. 내가 반드시 조선의 임금에게 아뢰어 빨리 벼슬을 받게 할 것이오."

진린은 이렇게 약속을 하고 한양으로 향했다.

선조 임금은 이순신의 전사 소식을 듣고 눈물을 흘리며 슬퍼했다. 즉시 사람을 보내어 장례를 돕게 하는 한편, 이순신에게 우의정 벼슬을 내리고 덕풍 부원군으로 삼았으며 '충무공'이라는 시호를 내렸다. 전사할 때 충무공의 나이는 쉰네 살이었다.

이순신의 부하 장수들은 충무공 사당을 세워 달라고 조정에 간청했다. 그 말에 따라 조정에서는 경상 좌수영 북편에 사당을 세우고 '충무사'라고 했다. 사당을 세울 때 호남 백성들이 서로 다투어 재물을 내고 비석을 새겼는데, 내용은 다음과 같았다.

조선국 우의정 덕풍 부원군 충무공 이 장군 타루비

154

그 후에 이운용이 수군통제사가 되었는데, 백성들이 요청하여 거제 땅에도 이순신의 사당을 세웠다. 크고 작은 고깃배들이 드나들 때마다 이 사당에 제사를 지냈다. 영남 해변에 사는 백성들도 스스로 재물을 모아 한산도에서 가까운 노량에 충무공 사당을 세웠고, 이곳에서도 고깃배들이 드나들 때마다 제사를 지냈다.

● **부원군(府院君)** 조선 시대에, 왕비의 친아버지나 정일품 공신에게 주던 작호.
● **시호(諡號)** 제왕, 재상, 유현(儒賢)들이 죽은 뒤에, 그들의 공덕을 칭송하여 붙인 이름.
● **타루비(墮淚碑)** 타루(墮淚)란 눈물을 흘린다는 뜻으로, 어떤 인물의 충성이나 덕을 기리기 위해 세운 비석.

누구나 알지만 아무도 모르는 이순신

위기에 처한 나라를 구한 영웅 이순신. 21세기 새로운 리더십의 모델이 되는가 하면, 아들의 죽음에 가슴 아파하는 인간적인 모습을 보여 주기도 합니다. 제2차 세계 대전의 연합군 사령관이었던 영구의 버나드 로 몽고메리는 《전쟁의 역사》라는 책에서 이순신을 높이 평가합니다. 여러 매체를 통해 더욱 친근해진 인물, 이순신의 또 다른 모습을 만나 볼까요?

광화문의 이순신 동상.

광화문 이순신 동상의 비밀

이순신 장군의 시호는 충무공입니다. 그러니 이순신 장군의 동상은 서울 충무로에 있어야 어울리건만 실제로는 광화문 세종로에 있습니다. 어찌 된 일일까요? 이승만 대통령은 광화문 네거리에 자신의 동상을 세웠습니다. 4·19혁명 때 시민들은 그 동상을 철거한 뒤 세종 대왕 동상을 세웠지요. 그러나 군사 쿠데타로 정권을 잡은 박정희 대통령은 세종 대왕 동상을 덕수궁으로 옮기고, 그 자리에 군인 출신인 이순신 장군 동상을 세웠습니다. 그리고 이순신을 '민족의 태양', '역사의 면류관'이라고 부르며 군사 독재 정권을 유지하는 도구로 이용했습니다. 또한 경상도 '통영'의 지명을 '충무'로 바꾸고 현충사를 성역화한 뒤, 중·고등학교 학생들의 수학여행과 참배를 의무화하여 반감을 사기도 했습니다.

로보트 태권 브이.

이순신 장군을 닮은 로봇 태권 브이

만화 영화 〈로보트 태권 브이〉의 주인공 '태권 브이'는 처음에 일본 만화 영화 속 마징가 제트의 모습과 매우 비슷했습니다. 이에 김청기 감독은 새로운 얼굴을 만들기 위해 많이 고민했습니다. 마침 광화문 세종문화회관 뒤편에 제작 스튜디오가 있었기 때문에 감독은 오가는 길에 본 이순신 장군 동상에서 아이디어를 얻어 마치 투구를 쓴 듯한 태권 브이의 얼굴을 만들어 냈습니다. 태권 브이는 이순신 장군을 닮은 모습에 태권도가 주특기입니다. 영화 〈로보트 태권 브이〉는 1976년 7월 서울에서 개봉해 18만 명의 관객을 동원했고, 2007년 1월 디지털 영화로 복원되어 전국에서 75만 명의 관객을 동원하는 흥행을 기록했습니다.

1973년 발행된 5백 원권 지폐.

지갑 속 이순신의 역사

이순신과 화폐의 인연은 1966년 8월에 발행된 5백 원권 지폐 뒷면에 거북선이 새겨지면서 시작됐습니다. 같은 날 발행하기 시작한 5원짜리 동전의 앞면에도 거북선이 새겨졌습니다. 이순신의 초상은 1973년 9월 재발행된 5백 원권 지폐 앞면에 처음 등장했는데, 뒷면에는 현충사가 들어갔습니다. 이 5백 원권은 1993년 5월에 발행이 중지됐지요. 한편 앞면에 이순신 초상이 들어간 백 원짜리 동전은 1970년부터 발행됐고, 1983년 1월부터 새로 바뀐 디자인으로 지금까지 발행되고 있습니다.

이순신의 성적표

이순신은 1566년부터 무과 시험을 준비하여, 6년 만인 1572년에 처음으로 응시했으나 말에서 떨어져 낙방했습니다. 그리고 4년 뒤인 1576년에 다시 응시해 29명 중 12등이라는 성적으로 합격했지요. 그리 뛰어나다고 할 수 없는 성적이었으나, 임진왜란 실전에서는 23전 23승이라는 불패의 신화를 만들었습니다. 임진왜란 당시 해전의 수가 총 47회였는데, 이순신의 전적은 43전 38승 5무라는 연구 결과도 있다고 합니다.

이순신 무과 급제 교지.

러시아 함대를 궤멸시킨 학익진

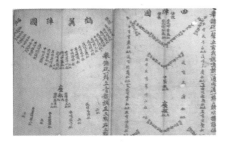

학익진 전법의 내용.

일본의 도고 헤이하치로 제독은 세계 10대 제독의 한 사람으로, 1905년 러일전쟁에서 러시아 발틱 함대를 무너뜨렸습니다. 러시아와의 격전을 앞두고 두려움에 떨던 일본 해군에게 승리의 방법을 가르쳐 준 사람은 다름 아닌 이순신입니다. 도고 제독은 이순신의 학익진을 응용한 '정(T)자 전법'으로 러시아 함대를 크게 이겼는데, 이 해전을 계기로 영국과 미국에도 학익진이 전해져 'T자 전법'으로 발전했습니다. 도고 제독은 "나는 이순신에 비하면 일개 하사관에 불과하다."라는 말을 남겼을 뿐만 아니라, 해마다 진혼제를 지냈을 만큼 이순신을 존경했다고 합니다.

'만고충신 김덕령'이라 칭해 주오

한편 강원도 평강 땅에 김덕령이라는 사람이 홀어머니와 살고 있었다. 일찍이 병법을 익혔고 재주와 용맹이 뛰어났는데, 아버지를 여읜 후 홀로 어머니를 모시고 살던 중에 왜란이 일어났다. 김덕령은 임금이 의주로 피란했다는 소식을 듣고 어머니에게 말했다.

"소자가 들으니 왜적이 쳐들어와 곳곳에서 횡포를 부리고 있다 하옵니다. 소자도 나가서 왜적을 물리치고 돌아오겠습니다."

"비록 네 충성심이 깊다고는 하나 지금은 아버지 상중(喪中)이고, 너는 내게 하나밖에 없는 아들이다. 어찌 전장에 나가려 하느냐?"

"나라가 어려운 일을 당했는데, 조선의 백성으로 어찌 편안히 있겠습니까?"

"네 말도 옳다만, 너를 보내고 밤낮으로 끊이지 않을 어미의 걱정은 어찌하리오?"

"잠시 나아가 왜적의 형세나 살펴보고 오겠습니다."

"정 그렇다면 다녀오너라."

김덕령은 기뻐하며 숨겨 두었던 갑옷을 꺼내 입고 황해도 동선령으로 갔다. 멀리서 살펴보니 왜적이 성을 빼앗아 굳게 지키고 있었다. 김덕령이 화가 나 큰 소리로 가등청정을 불렀다.

"너는 하늘의 뜻을 모른 채 네 힘만 믿고 우리 조선을 침범했도다. 목숨을 보전하고 싶으면 스스로 물러가라. 먼저 내 재주를 보아라!"

말을 마치기가 무섭게 몸을 공중에 날려 수만 명 군사들의 머리 위를 아무 거리낌없이 돌아다니자, 이를 보고 놀라지 않는 자가 없었다. 김덕령은 다시 가등청정에게 외쳤다.

"네가 끝끝내 이곳에서 물러가지 않으면, 내일 정오에 다시 올 것이다. 그때는 너희가 내 재주를 당해 내지 못하리라."

이같이 말하고 홀연 김덕령은 사라졌다. 가등청정이 괴상하게 여겨 군사들에게 명령을 내렸다.

"내일 그놈이 분명히 다시 올 것이니 활과 총을 준비했다가 한꺼번에 쏘아라. 제가 비록 신이라도 벗어나지 못하리라."

다음 날, 김덕령은 아무도 모르게 진중으로 숨어 들어가 외쳤다.

"내가 너희를 한칼에 모두 베어 버릴 수 있으나 지금까지 참은 것은 스스로 물러갈 기회를 주기 위해서였다! 너희가 내 재주를 믿지 못하니, 내일 정오에 다시 와서 재주를 보여 주겠노라! 너희들은 각자 머리에 흰 종이를 붙이고 기다려라!"

김덕령이 사라지자 가등청정이 다시 명령을 내렸다.

"내일 정오에 그놈이 또 올 것이니 조총을 준비했다가 혹 짐승일지라도 문 앞에서 얼씬거리면 쏘아서 죽여라."

가등청정은 단단히 문을 지키게 한 다음, 군사들의 머리에 흰 종이를 붙이게 하고 기다렸다.

다음 날 정오에 갑자기 또 김덕령이 나타나 외쳤다.

"너희들은 내가 진중에 드나드는 것도 눈치채지 못하면서 어찌 물러가지 않느냐!"

김덕령은 바람 풍(風) 자를 써서 공중에 던졌다. 그러자 갑자기 큰 바람이 불면서 가까운 거리도 분간하지 못할 정도로 어두워졌다. 잠시 후에 천지가 밝아 오며 바람이 그치고 보니, 수만 명 군사들의 머리에 붙였던 흰 종이가 간데없이 다 사라졌다. 김덕령이 가등청정을 향해 외쳤다.

"너희가 돌아가지 않고 버티고 있어서 내가 재주를 보인 것이다. 나는 맨손으로 이곳에 홀로 들어와 너희 군사들의 머리에 붙인 종이를 한 번에 없애 버렸다. 이렇게 너희들의 머리도 한 번에 베어 버릴 수 있으나, 지금 내가 상중이고 또한 나라에서 허락하지 않은 까닭에 네놈들의 목숨이 붙어 있는 것이다."

말을 마치자마자 김덕령은 가짜 김덕령을 만들어 혼을 불어넣고 진중에 들여보냈다. 순식간에 수많은 김덕령이 왜적을 공격하기 시작했다. 눈에 보이는 것은 김덕령뿐이라 왜적은 활과 총을 어지럽게 쏘아댔으나 쓰러지는 것은 모두 자신들이었다. 서로가 쏜 화살과 총에 맞

아 죽은 왜적의 시체가 산처럼 쌓였고, 피는 냇물처럼 흘렀다. 남은 군
사는 겨우 백여 명뿐이었다. 가등청정은 김덕령의 재주에 놀라 서둘
러 남은 군사를 거두어 달아났다.

　하루는 조정의 신하 이옥이 선조 임금에게 아뢰었다.

"전하! 강원도 평강에 김덕령이란 자가 용맹이 뛰어남에도 불구하고 왜적을 물리치러 나가지 않고 몸을 감추었다가, 가등청정의 진에 들어가 무슨 약속을 했는지 삼 일 만에 물러 나왔다고 하옵니다. 빨리 잡아다가 그 뜻을 물으시옵소서."

선조 임금이 듣고 크게 화를 내며 금부도사를 보내어 김덕령을 잡아 오게 했다.

이때 김덕령은 집에 돌아와 있었는데, 금부도사가 와서 임금의 명령을 전했다. 이에 그를 따라 한양으로 올라가는데, 철령에 이르자 갑자기 김덕령이 간청했다.

"나와 친한 사람이 이곳에 있는데, 잠깐 보고 가면 안 되겠소?"

금부도사가 허락하지 않자 김덕령이 화가 나서 소리쳤다.

"아무리 어명이라지만 어찌 잠깐 시간을 내기가 어렵단 말이오!"

김덕령은 화가 치밀어 올라 도끼를 들고 소나무를 무수히 베어 버렸다. 금부도사가 이를 보고는 넋을 잃고 아무 말도 하지 못했다. 이윽고 어떤 사람이 공중에서 내려와 김덕령의 손을 잡고 통곡하다가, 다시 공중으로 솟아올라 재주를 부리더니 땅에 내려앉으며 말했다.

"덕령아! 내가 너에게 이런 화를 당할 것이라고 미리 말하지 않았느냐? 이제 누구를 원망하겠느냐? 나는 이제 산속으로 들어가 세상에 나오지 않겠노라."

두 사람은 서로 손을 잡고 통곡한 후 이별했다. 김덕령이 궁궐에 이르러 임금 앞에 엎드리자 선조 임금은 크게 화를 내며 말했다.

"너는 재주가 많은 놈인데도 나라가 어려울 때에 나서지 않고 몸을 감춘 것은 무슨 까닭이냐? 또한 적진에 들어가 삼 일 동안 머물면서 가등청정과 무슨 약속을 했느냐?"

김덕령이 눈물을 흘리며 아뢰었다.

"소신은 5대 독자로 아버지 상중에 늙은 어머니를 모시고 있었기에 나라를 돕지 못했사옵니다. 또한 가등청정의 진에 드나든 것은 왜적이 스스로 물러가게 하려고 했기 때문이었습니다."

하지만 선조 임금은 그 말을 믿지 않고 더욱 화를 내며 곤장을 치라고 명령했다. 김덕령은 조금도 두려워하지 않았을뿐더러 곤장을 아무리 많이 맞아도 죽지 않았다. 선조 임금은 더욱 화가 났다.

"저놈을 매우 쳐라!"

그러자 매질을 당하면서도 눈 하나 깜짝하지 않던 김덕령이 아뢰었다.

"전하! 소신은 매를 아무리 많이 맞아도 죽지 않사옵니다. 신을 '만고충신 김덕령'이라 칭하여, 이를 나무 판에 새겨서 후세에 전하게 해 주시옵소서. 그러면 신이 스스로 죽겠나이다."

선조 임금은 어쩔 수 없이 김덕령의 말을 따르기로 했다.

"여봐라! 김덕령의 말대로 하라."

그러자 김덕령은 난데없이 비수를 뽑더니 한쪽 다리를 들어 비늘 하나를 떼어 내고 말했다.

"이곳을 때리면 죽을 것이옵니다."

금부나장이 곤장을 들어 김덕령이 가리킨 곳을 치자 그는 곧바로 죽었다.

<hr/>

• **만고충신**(萬古忠臣) '세상에 비길 데 없는 충성스러운 신하'라는 뜻.
• **금부나장**(禁府羅將) 조선 시대에, 의금부에 속하여 죄인을 매질하는 일과 귀양 가는 죄인을 압송하는 일을 맡아보던 하급 관리.

누가 선봉장이 되겠는가

평안도 용강에는 김응서라는 사람이, 제주에는 강홍립이라는 사람이 있었다. 이 두 사람은 용맹이 뛰어나 왜란이 일어났을 때 싸움터에 나아가 공을 많이 세웠다. 선조 임금이 한양으로 돌아온 후에 이 이야기를 듣고 두 사람을 조정으로 불러서 위로하자, 두 사람은 바닥에 엎드려 임금의 은혜에 감사했다.

한편 선조 임금은 조정의 모든 신하를 위로하기 위해 큰 잔치를 열었다. 왜적을 물리치는 데 공을 세운 사람들에게 벼슬을 내리고, 전쟁터에서 죽은 장수들의 자손을 불러 위로했다. 이때 김응서와 강홍립에게도 높은 벼슬을 내리자, 두 사람은 머리를 숙이고 감사하며 아뢰었다.

"전하! 전하의 은혜가 끝이 없어 갚을 길이 없사옵니다. 저희에게 군사를 주시면 왜적을 모조리 쳐부수어 임진년의 원수를 갚고 뒷날에 생길 근심을 없애겠나이다."

이 말을 듣고 선조 임금은 김응서를 도원수로, 강홍립을 부원수로 정하고 즉시 팔도의 관아에 격서를 보내어 군사를 불러 모아 일본을 치게 했다.

김응서와 강홍립이 한창 군사를 모아 놓고 훈련을 시키고 있는데, 선조 임금이 두 장수를 불러서 말했다.

"누가 선봉장이 되겠는가?"

김응서가 먼저 대답했다.

"소신이 하겠나이다."

강홍립도 지지 않고 아뢰었다.

"아닙니다. 소신이 맡겠나이다."

두 장수가 서로 선봉장을 맡겠다고 다투자 선조 임금은 하는 수 없이 제비뽑기로 선봉장을 정하기로 했다. 두 사람이 제비를 뽑은 결과, 강홍립이 선봉장이 되고 김응서는 후군장이 되었다. 두 장수가 하직 인사를 올리자 선조 임금은 두 장수의 손을 잡고 말했다.

"경들이 충성을 다하여 조선의 위엄을 일본에 떨치면 얼마나 좋겠소. 절대로 적을 가볍게 여기지 말고 항상 조심하시오. 그리고 빨리 승리하고 돌아와 짐을 기쁘게 해 주시오."

두 장수는 훈련이 잘된 군사 이만 명을 거느리고 드디어 행군을 시작했다. 부산에 이르러 배에 올라 출발하려고 할 때, 김응서는 문득 어디선가 자신의 이름을 부르는 소리를 들었다.

"김응서 장군은 잠깐 내 말을 들으시오."

김응서가 소리 나는 곳을 돌아보니, 어떤 사람이 실오라기 하나 걸치지 않은 알몸으로 천천히 공중에서 내려오고 있었다. 김응서가 놀라며 물었다.

"그대는 누구이며, 내게 무슨 말을 하려고 하는가?"

그 사람이 대답했다.

"나는 조선 땅에 살고 있는 '어득광'이라는 귀신이오. 내가 장군의 운수를 살펴보았는데, 잠시 기다렸다가 행군을 해야 성공할 것이오."

말을 마치고 그는 간데없이 사라졌다. 생각할수록 괴상하여 김응서는 배를 멈추게 한 후에 강홍립에게 가서 귀신의 말을 전하고, 군중에 탈이 없는지 물었다. 그러자 강홍립이 대답했다.

"큰일을 할 때는 작은 것을 돌아보지 않는 법이오. 어찌 이런 사소한 일로 대군을 머무르게 하겠소?"

강홍립은 아랑곳하지 않고 다시 북을 울리며 행군을 재촉했다. 이때, 김응서의 진 뒤에 또다시 그 귀신이 나타나 통곡하며 말했다.

"장군이 내 말을 듣지 않으면 반드시 화를 당할 것이오."

김응서가 놀라 징을 쳐 배를 멈추게 하자 강홍립이 크게 화를 내며 소리쳤다.

"장군은 군법이 엄한 것을 모르는가? 나는 선봉장이며, 그대는 나를 돕는 후군장이오. 그런데 어찌 내 말을 듣지 않으시오? 만일 다시 지체하면 군법으로 엄히 다스리겠소!"

김응서가 대답했다.

"만일 후회할 일이 생겨도 나를 원망하지 마시오."

드디어 배를 저어 여러 날 만에 일본의 동선령이라는 곳 가까이에 이르렀다.

이때 왜왕은 조선에서 패한 것에 화가 나서 다시 군사를 일으켜 복수를 하려고 계획하고 있었다. 하루는 하늘을 보고 점을 치니 조선이 군사를 일으켜 일본으로 향하고 있는 것이었다. 왜왕은 깜짝 놀라 모든 신하를 불러 모아 놓고 의논을 한 끝에, 대장 예팔낙과 예팔도를 불러 정예 군사 삼만 명을 주면서 말했다.

"그대들은 어서 나아가 동선령 왼쪽에 매복했다가 조선 군사들이 그곳에 오거든 동시에 달려 나가 무찌르고, 만일 오지 않으면 기다리지 말고 군사를 돌려 돌아오라."

두 장수는 즉시 군사를 이끌고 동선령으로 향했다.

이때 강홍립의 정탐꾼이 먼저 동선령을 살펴보고 와서 보고했다.

"동선령 아래쪽 길이 좁아서 행군하기 어려울 듯하옵니다."

강홍립이 말했다.

"길이 험하다고 하여 어찌 행군을 못하겠느냐?"

강홍립은 정탐꾼의 말을 무시하고 계속해서 행군했다. 그러나 군사들이 막 동선령에 들어선 순간, 갑자기 대포 소리가 나며 매복하고 있던 왜군이 달려 나왔다. 수만 리 먼 길을 달려와 피곤한 군사들이 왜군의 강력한 공격을 어찌 막아 낼 수 있으리오. 강홍립과 김응서는 미처 대열을 정비하지도 못했고, 순식간에 수만 군사들이 다 죽고 말았다.

김응서가 탄식하며 울부짖었다.

"수많은 군사를 다 잃고 무슨 면목으로 고국에 돌아가 임금님을 뵙겠는가? 우리가 이렇게 된 것은 모두 다 선봉장의 탓이다!"

그런데 갑자기 또다시 뒤쪽에서 땅을 울릴 듯한 군사들의 함성이 들려 돌아보니, 왜적이 두 장수를 향하여 달려오고 있었다. 두 장수는 정신을 가다듬고 칼을 휘두르며 바람처럼 빠르게 적진을 향해 짓쳐 나갔다. 두 장수가 좌충우돌하면서 휘두른 칼에 왜적 군졸들의 머리가 마치 가을바람에 낙엽 떨어지듯 떨어져 나갔다. 왜장은 두 사람을 당해 내기 어려운 것을 알고 황급히 군사를 거두어 돌아갔다.

날이 저물자 김응서와 강홍립은 하늘을 우러러보며 통곡했다.

"군사 수만 명을 다 잃었으니 우리 둘만 남아 무엇한단 말이오?"

김응서가 강홍립을 꾸짖었다.

"처음부터 장군이 내 말을 듣지 않아 오늘 이 지경이 되었는데 누구를 원망하겠소?"

그러자 강홍립이 김응서를 위로하며 말했다.

"그대는 안심하시오. 우리 둘이 힘을 다하여 싸우다가 죽을지라도 대장부가 어찌 죽음을 두려워하겠소?"

두 장수는 분한 기운을 억누르며 밤을 지새웠다.

이때 왜왕은 모든 신하를 모아 놓고 강홍립과 김응서를 없앨 대책을 의논하고 있었는데, 홍대연이라는 신하가 앞으로 나와 아뢰었다.

"신의 생각에는 적진에 글을 보내어 양측에서 장수 두 명씩 나서서 검으로 대결하여 승부를 결정하자고 하는 것이 좋을 듯하옵니다."

왜왕이 그 말을 듣고 강홍립과 김응서에게 글을 보냈다. 강홍립이 그 글을 보고 낙심하여 말했다.

"이제는 항복하는 것이 좋을 듯하오."

그러자 김응서가 화를 내며 강홍립을 꾸짖었다.

"차라리 죽을지언정 어찌 왜적에게 무릎을 꿇어 살기를 바라시오?"

그러고는 즉시 답장을 보내어 내일 겨루자고 약속을 했다.

다음 날 왜왕은 높은 곳에 올라가 자리를 정하고 앉은 후에 예팔낙과 예팔도 두 장수를 불러서 말했다.

"과인이 그대들의 재주를 알고 있으니 있는 힘을 다하여 싸워라."

왜왕의 명령을 듣고 두 장수는 강홍립, 김응서와 삼십 리 정도 간격을 두고 진을 친 후에 크게 소리를 질렀다.

"적장은 빨리 나와 승부를 겨루자!"

김응서가 이 말을 듣고 매우 기뻐하면서 칼을 들고 나서서 외쳤다.

"왜장은 멀리 서 있지 말고 가까이 오라."

왜장 예팔낙과 예팔도가 의기양양하게 나오자 김응서는 크게 꾸짖으며 외쳤다.

"너희가 군사가 없는 우리를 가볍게 여기고 있으나, 오늘은 내 칼을 피하지 못하리라."

그러고는 드디어 서로 칼을 휘두르며 싸우기 시작했다. 김응서가 일부러 재주 없는 척하고 눈을 반만 뜨고 서 있자, 왜장의 칼이 자주 김응서의 몸을 스쳤다. 김응서가 그제야 눈을 똑바로 뜨고 칼을 휘두르더니, 소리를 우레와 같이 지르며 순식간에 적장의 칼을 빼앗았다. 다음 순간 몸을 공중으로 솟구치더니 예팔낙과 예팔도의 목을 베어 땅에 내리쳤다.

왜왕은 예팔낙과 예팔도가 김응서를 당해 내지 못하고 죽는 것을 보고 크게 놀라 넋을 놓고 있었다. 그때 한 신하가 아뢰었다.

"예팔낙과 예팔도의 칼 솜씨가 신출귀몰하여 적수가 없을 듯했으나, 적장의 재주는 더욱 뛰어나니 천신이라도 저들을 당할 수 없을 것이옵니다. 차라리 좋은 말로 달래어 화친하는 것이 좋겠습니다."

왜왕은 이 말을 듣고 즉시 강홍립과 김응서에게 사람을 보냈다.

• 신출귀몰(神出鬼沒) 자유자재로 출몰하여 그 변화를 헤아릴 수 없다는 뜻.

혼이 되어서라도 우리 임금을 뵈러 가리라

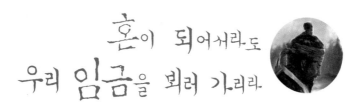

김응서가 두 적장을 베고 본진으로 돌아오자 강홍립은 그 신기한 재주를 끝없이 칭찬했다. 이때 왜왕이 보낸 사람이 편지를 전했다.

> 그대들은 일본에서는 적장이나, 조선에서는 충신이라. 어찌 남의 충신을 해할 수 있겠소? 그대들의 충성에 감탄하여 인사 나누길 원하니, 그대들은 사양하지 말고 잠시 짐에게 오시오.

강홍립이 김응서를 돌아보며 말했다.

"왜왕이 이렇게 우리를 청하는 것에는 반드시 간사한 꾀가 있을 듯하오. 장군의 뜻은 어떠하오?"

"이는 화친하기 위해서일 것이오. 내가 가서 살펴보겠소."

김응서와 강홍립이 적진에 들어가자 왜왕은 자리에서 일어나 두 장수를 맞이했다. 서로 인사를 나눈 후에 왜왕이 먼저 말을 꺼냈다.

　"짐이 조선과 영원히 함께하고 싶은 마음 때문에 임진년에 망령되게 군사를 일으켰소. 그러나 수많은 장수와 군사가 죽어 돌아오지 못했으니, 이는 짐이 지혜롭지 못했기 때문이오. 장군 또한 이곳에 들어와 군사를 다 잃었으니 무슨 낯으로 돌아가 그대의 임금을 뵐 수 있겠소? 옛날 한신이라는 장군은 조나라를 섬기다가 한나라로 와서 대장이 된 후에 조나라를 쳐서 멸망시켰소. 장군들은 이를 본받아 짐에게 충성을 바치며 부귀영화를 함께 누리는 것이 어떠한가?"

　김응서와 강홍립은 서로 돌아보며 아무런 말도 하지 않았다. 왜왕도 다시 말을 꺼내지 않았고, 다만 두 장수가 머무르는 동안 잔치를 베풀어 아주 후하게 대접했다. 또한 술과 예쁜 여자들을 보내 두 장수의 마음을 얻으려고 했으나 두 장수는 끝내 좋아하는 빛을 비치지 않았다.

　왜왕이 민망하여 다시 신하를 불러 의논하자 한 신하가 아뢰었다.

　"강홍립은 비록 용맹하나 의리가 없고, 김응서는 용맹할 뿐 아니라 의리가 있는 사람입니다. 두 사람을 사위로 삼는 것이 어떠합니까?"

　다른 신하가 아뢰었다.

　"먼저 두 사람을 불러 설득해 보고, 만일 듣지 않으면 죽이는 것이 좋을 듯하옵니다."

　왜왕이 이 말을 듣고 크게 기뻐하며 즉시 사람을 보내어 두 장수를 불렀다. 김응서와 강홍립이 들어와 자리에 앉자 왜왕이 말했다.

　"그대들에게 할 말이 있으니 어렵다 말고 흔쾌히 허락하라."

"무슨 말씀입니까?"

김응서가 묻자 왜왕은 입을 다물었다가 한참 후에 다시 말했다.

"짐에게 누이가 있는데, 나이가 스물이라. 이제 강홍립 장군과 짝을 맺어 주고 싶은데 장군의 생각은 어떠한가? 또 짐에게 공주가 있는데 나이가 스물이라. 인물이나 재주가 영웅을 섬기기에 충분하여 김응서 장군을 섬기게 하고 싶은데 어떠한가? 그대들은 사양하지 말라."

강홍립이 먼저 인사를 하고 입을 열었다.

"대왕이 싸움에 진 장수를 이같이 예의로 맞이하고, 아리따운 낭자와 혼인까지 시키니 그 은혜가 참으로 백골난망입니다."

김응서는 강홍립이 허락하는 것을 보고 마지못해 허락했다. 왜왕은 매우 기뻐하며 즉시 날짜를 잡아 혼인식을 거행했다.

이럭저럭 세월이 흘러 삼 년이 지났다. 하루는 왜왕이 큰 잔치를 열고 두 사람을 초대하여 함께 즐겁게 놀다가 날이 저물자 잔치를 파하고 각각 돌아갔다. 김응서가 강홍립의 방으로 찾아가 강홍립에게 마음속으로 계속 고민하던 것을 말했다.

"우리가 이곳에 와 수많은 군사를 다 죽이고 돌아갈 기약도 없이 머무른 지 삼 년이 지났소. 그러나 고국으로 돌아갈 생각을 하지 않고 있으니, 이는 임금을 배반하는 것이오. 장군은 어찌하려고 그러시오?"

강홍립이 대답했다.

"우리가 이곳에서 누릴 수 있는 부귀영화는 끝이 없소. 게다가 왜왕의 대접도 후하니, 나는 돌아갈 마음이 없소."

김응서가 이 말을 듣고 분을 참지 못하며 말했다.

"옛말에 충신은 두 임금을 섬기지 않는다고 했소. 대장부가 어찌 두 임금을 섬겨 후세의 꾸지람을 받겠는가?"

"사람의 마음은 각각 다르니 다시는 내게 그런 말 하지 마시오."

"그러면 그대는 알아서 하시오. 나는 밤을 틈타 왜왕의 목을 베어 들고 고국으로 돌아갈 것이오!"

강홍립은 이 말을 듣고 입을 다물고 있다가, 김응서가 나가자 곧바로 왜왕에게 가서 이 일을 그대로 전했다. 왜왕은 몹시 화가 나서 즉시 김응서를 잡아들였다.

"짐이 너의 재주와 충성심을 기특히 여겨 목숨을 살려 주고 부마로 삼았다. 네가 돌아가려고 하는 것은 너희 임금에 대한 충성심 때문이니 용서할 수 있지만, 나를 해치려고 한 것은 절대 용서할 수 없다."

그러고는 곁에 있던 군졸에게 명령을 내렸다.

"저놈을 끌어내어 목을 베어라."

그러자 김응서도 지지 않고 왜왕을 향하여 크게 꾸짖었다.

"네가 하늘의 뜻도 모르고 조선을 침범했다가 세력이 약해지니 겉으로는 우리를 후하게 대접하지만, 속으로는 불평하는 마음을 품고 있는 것을 내가 모를 줄 아느냐? 내가 일본을 치러 왔다가 군사를 다 잃고 죽을 수밖에 없었는데, 너의 은혜를 입어 삼 년 동안 잘 지냈다. 그 은혜가 가벼운 것은 아니지만 나는 먼저 우리 임금님을 생각하고 사적인 감정은 돌아보지 않기로 했다. 내가 마땅히 너를 베어 임진년의 원수를 갚고자 했는데, 아아, 슬프다! 하늘도 무심하구나. 강홍립이 배반하여 일을 그르치고 말았도다. 내가 죽으면 혼이 되어서라도 우리 임금님을 뵈러 가리라."

김응서는 말을 마치자마자 비수를 빼어 강홍립의 목을 베고, 하늘을 우러러보며 탄식한 후에 자신의 목을 스스로 베었다. 이때 김응서가 타던 말이 마굿간에서 뛰어나와 김응서의 머리를 찾아 물고 순식간에 바다를 건너 조선 땅 평안도 용강으로 향했다.

한편 김응서의 부인은 남편을 타국에 보낸 후, 밤낮으로 남쪽을 바라보고 기도하면서 하루하루를 보내고 있었다. 어느 날 몸이 피곤하여 잠깐 졸다가 문득 눈을 떠 보니 머리 없는 김응서가 돌아와 서 있었다. 깜짝 놀라 일어나 보니 꿈이었다. 마음을 가라앉히고 생각하니 아무래도 남편이 결국 왜적에게 죽임을 당한 게 아닌가 싶었다. 생각이 이에 미치자 부인은 반미치광이가 된 듯, 마음을 진정하지 못했다.

이때 말 울음소리가 요란하여 밖에 나가 보니 김응서가 타던 말이 돌아와 있었다. 그런데 말이 입에 물고 있다가 부인 앞에 내려놓은 것을 자세히 살펴보니 바로 남편의 머리가 아닌가. 부인은 세상이 다 무너지는 듯하여 통곡하며 울부짖었다.

"짐승인 말도 집을 찾아왔는데, 서방님은 어찌하여 머리만 돌아왔단 말입니까?"

부인은 밤새도록 통곡하다가 날이 밝기가 무섭게 김응서의 머리를 상자에 넣어 가지고 길을 떠나 한양으로 향했다. 삼 일 만에 한양에 도착하여 궁궐 앞에 엎드려 통곡하면서 사연을 아뢰었다. 내시가 부인의 사연을 듣고 궁궐로 들어가 전하자, 선조 임금은 크게 놀랐다. 임금은 상자 속에 든 김응서의 머리를 확인하고는 하염없이 눈물을 흘리며 직접 제문을 지어 제사를 지냈다.

아, 슬프다. 경이 군사를 일으켜 떠난 후 삼 년 동안 소식이 끊어져 밤낮으로 근심했는데, 짐에게 덕이 없어 경이 타국에서 외로운 혼이 되었도다. 짐이 죽어 지하로 돌아간다 해도 어찌 경의 충성을 잊을 수 있으리오.

제사를 지낸 후에 김응서의 머리를 비단으로 싸고 옥으로 만든 상자에 넣어 좋은 땅을 골라 장사를 지냈다. 또 김응서의 벼슬을 좌의정으로 올려 주고, 부인에게는 정렬부인의 호칭을 내렸다.

하루는 선조 임금이 잠깐 졸고 있는데, 홀연 김응서가 갑옷을 갖추어 입고 들어와 엎드려 아뢰었다.

"신이 충성을 다하여 나라의 은혜에 보답하려고 일본에 들어갔으나 강홍립이 신의 말을 듣지 않아 대군을 잃고 말았습니다. 강홍립을 데리고 일본 조정에 들어가 동정을 살핀 후에 왜왕을 베고 돌아오려고 기회를 엿보고 있었습니다. 그러나 강홍립이 왜왕에게 고자질하여 일이 탄로 났고 신은 먼저 강홍립을 베고 자결했사옵니다. 신의 죄는 만 번 죽어 마땅하옵니다. 엎드려 바라옵건대 전하는 만수무강하소서!"

말을 마치자마자 김응서는 간데없이 사라졌다. 선조 임금이 놀라 일어나 보니 꿈이었다. 임금은 조정의 신하를 불러 모아 꿈 이야기를 하고 김응서의 충성을 칭찬했다.

• 정렬부인(貞烈夫人) 조선 시대에 정조와 지조를 굳게 지킨 부인에게 내리던 칭호.

전쟁이 가져온 새로운 문물

임진왜란이 끝난 뒤 조선에서 포로로 잡아간 인쇄공과 도자기공 덕분에 일본 문화가
한 단계 더 발전한 것은 이미 잘 알려진 사실입니다. 한편 조선에서는 그때 전래된
담배가 유행이었지요. 실학자였던 이덕무는 이를 보고 "담배 피우는 어린이들,
어찌 그리 오만불손한가."라며 한탄했다고 합니다. 이렇듯 전쟁은 낯설고 새로운
문물을 가져오기도 합니다. 이 새로운 문물을 접한 사람들을 만나 봅시다.

임진왜란과 고추

요즘 우리 마누라가 못 보던 음식을 밥상에 올려 주는데, 맛이 기가 막히다
오. 이놈이 무엇인지 아시오? 바로 왜개자(倭芥子)라오. 이수광 선생은 《지봉
유설》에서 이놈을 남만초라 부르고, 이익 선생은 《성호사설》에서 왜인칭번초
라고 했다오. 맛이 맵고 칼칼한 것이, 먹고 나면 정신이 번쩍 난다
오. 사실 왜놈들이 우리 조선 사람을 독살하려고 이걸 가져왔다
는구려. 그래서 이름도 원래 고초(苦椒)였는데, 조선 사람들은
이놈을 그냥 먹는 것도 모자라, 가루를 내어 김치에 넣어 먹기
도 하니 재미있는 일이지. 난 이제 이놈 없이는 못 산다오.

조선 김치 맛의
비결은 고추라오

임진왜란 전투.

십자군 전쟁.

십자군 전쟁과 위스키

사실 술이야 어디에나 있지. 맥주, 포도주, 사과주. 흔한 게
술이지만 이 위스키는 달라. 이건 알코올 도수가 높은 독한
증류주로, 아무나 만들 수 있는 게 아니야. 나는 1147년 2차
십자군 전쟁에 참가했다가 우연히 적군인 이슬람인에게 이
증류주 만드는 법을 배워 왔지. 이 기술은 8세기경 연금술사
였던 게베르(Geber)라는 아랍인이 발명했다는데, 증류 기계
로 발효주를 가열하고 냉각하는 과정을 통
해 순수한 알코올을 모으는 거지. 이렇게
만든 위스키의 향과 맛은 마셔 본 사람만
이 안다네.

조금만 마셔도
취하는 게 매력이지!

처음부터 명품은 아니었어요

제1차 세계 대전과 샤넬

1915년, 제1차 세계 대전 중이었어요. 남자들이 전쟁터에 있으니 여자들이 일을 해야 했지요. 저는 공장에서 일을 했는데, 코르셋으로 허리를 바짝 조인 채 길고 치렁치렁한 치마를 입고 일할 수는 없잖아요? 다른 맞춤 양장점도 많았지만 저는 '코코 샤넬'에서 옷을 사 입었어요. 일하기에 편하면서 디자인도 독특해서 옷이 참 예뻤어요. 샤넬의 옷이 얼마나 유명했는지, 사람들은 무릎 바로 아래까지 내려오는 길이의 치마 선을 다 '샤넬 라인'이라고 불렀답니다. 주머니가 있고 옷깃이 없는 둥근 목둘레선의 윗도리는 '샤넬 재킷'이라 불렀고요. 이 옷이 이렇게 값비싼 고급 명품이 될 줄은 정말 몰랐다니까요.

코코 샤넬.

나폴레옹.

나폴레옹과 통조림

통조림이 없었다면 나는 그 많은 전쟁을 치르지 못했을 것이오. 우리 나폴레옹 군대의 특징은 뛰어난 보병 전술이오. 그만큼 보병이 튼튼해야 하는데, 군인들이 좀처럼 야채를 먹지 못하니 괴혈병과 전염병에 금방 쓰러지더군. 나는 1795년에 1만 2천 프랑의 상금을 걸고 새로운 음식물 저장법을 프랑스 전역에 공모했소. 1804년에 샴페인 병 제조업자인 니콜라 아페르(Nicolas Appert)가 병조림을 개발해 대상을 탔다오. 하지만 유리병이 너무 잘 깨지는 게 문제였는데, 1809년 틴 캐니스터(Tin Canister)가 양철로 캔을 만들고 1810년엔 피터 듀런드(Peter Durand)가 주석으로 캔을 만들어 그 문제도 해결됐다오.

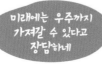

미래에는 우주까지 가져갈 수 있다고 장담하네

나라를 위해 만 리 바닷길을 가니

영변 향산사에 서산대사라는 중이 있었다. 어려서 부모를 잃고 승려가 되어 불경에 통달했을 뿐 아니라, 하늘과 땅의 이치에 대해 모르는 것이 없었다. 둔갑술에도 능하여 마음대로 변신하니, 그 이름이 온 세상에 퍼져 사람들마다 한 번이라도 서산대사를 보길 원했다.

하루는 서산대사가 제자 사명당을 데리고 뜰에 나와 하늘의 기상을 살펴보았다. 일본이 다시 군사를 일으켜 조선에 쳐들어올 징조가 보이자 서산대사는 한탄하며 사명당에게 말했다.

"우리가 비록 세상을 버리고 산속에 묻혀 있으나 본래 조선의 백성이라. 나라가 어려운 일을 당했는데 어찌 그냥 있겠느냐?"

"대사님 말씀은 옳으나 중의 몸으로 어찌 군중에 나가겠습니까?"

"비록 산속에 사는 한가한 중이라 해도 어찌 이런 때에 편안하게 앉아만 있겠느냐? 그러나 나는 너무 늙어서 출전하지 못하겠구나. 나와 함께 한양에 올라가 이 사연을 임금님 앞에 아뢴 후에, 네가 일본에 들어가 왜왕의 항복을 받아 뒷날의 근심을 더는 것이 어떠하겠느냐?"

사명당이 뜻을 같이하자 서산대사는 즉시 한양으로 출발했다. 그들이 궁궐 앞에 이르러 찾아온 뜻을 밝히자 승지가 임금에게 아뢰었다. 이에 선조 임금이 서산대사를 불러들이자 대사는 예의를 갖춰 인사한 후 바닥에 엎드렸다. 선조 임금이 서산대사에게 물었다.

"내가 오래 전부터 대사의 높은 명성은 들어 왔소. 오늘 어떤 신묘한 계책을 일러 주러 오셨소?"

서산대사가 자리에서 일어나 합장하고 대답했다.

"소승은 나이가 아흔이라 멀리 가지 못하옵니다. 저에게는 유정이라는 제자가 있는데, 사명당이라고도 합니다. 사명당이 젊고 재주가 많으니 일본에 보내 왜왕의 항복을 받아 오게 하는 것이 좋을 듯하옵니다."

임금이 이 말을 듣고 사명당을 불러 살펴보니, 뛰어난 기상이 마치 살아 있는 부처와 같았다. 선조 임금이 서산대사에게 말했다.

"대사는 어찌 이런 훌륭한 제자를 두었는가?"

선조 임금은 서산대사와 사명당을 한참 칭찬한 후에, 사명당에게 대원수의 인수와 절월을 내리고 잔치를 베풀어 후하게 대접했다. 또한

• **대원수**(大元帥) 국가의 전 군대를 통솔하는 최고 계급인 '원수'를 더 높여 이르는 말.
• **인수**(印綬) 군대를 통솔할 권력을 가진 무관이 발병부(發兵符) 주머니를 매어 차던 길고 넓적한 사슴 가죽 끈.
• **절월**(節鉞) 절부월(節斧鉞). 조선 시대에 관찰사, 병사, 수사, 대장, 통제사 들이 지방에 부임할 때 임금이 내어 주던 물건으로, 군령을 어긴 자에 대한 생살권(生殺權)을 상징했다.

사명당에게 직접 술을 따라 주며 말했다.

"그대는 충성을 다해 만리타국에서 공을 세우고 무사히 돌아오라."

사명당이 술잔을 들어 기쁘게 받아 마신 후에 하직 인사를 하고 물러 나왔다. 그러자 대사가 소매 안에서 봉투를 하나 꺼내 주며 말했다.

"이 편지를 가지고 가거라. 만일 급한 일이 생기면 이 편지를 들고 향산사를 향해 두 번 절한 후에 축원을 해라. 그러면 사해용왕이 너를 구해 줄 것이다."

사명당이 봉투를 받아서 뜯어보았다.

그대가 나라를 위하여 만 리 바닷길을 가니 참 아름다운 일이라. 사해 용왕이 조선을 위하여 일본이 포악하다고 옥황상제께 아뢰었는데, 옥황상제께서 이를 옳게 여겨 '사명당이 위급하면 즉시 구하라.'라고 명령을 내리셨다. 어려운 일이 닥치면 사해용왕이 그대를 구할 것이다. 그러나 왜왕은 본래 하늘에 사는 익성으로, 옥황상제께 죄를 얻어 인간 세상에 내려온 것이니, 그대는 지나치게 왜왕을 핍박하지는 말라.

사명당은 그 편지를 다시 봉투에 넣었다. 서산대사에게 하직 인사를 하고 일본을 향해 출발하면서 각 마을에 선문을 전하고 명령을 내렸다.

"군중의 모든 장수와 군사, 그리고 각 도의 수령 중에 만일 명령을 어기는 자가 있으면 먼저 목을 베어 다른 사람에게 본을 보여라."

사명당이 대군을 이끌고 각 고을을 지나가자, 각 지역의 수령들이

* **사해용왕**(四海龍王) 동서남북의 네 바다 가운데 있다고 하는 전설 속의 용왕.
* **익성**(翼星) 하늘을 황도(黃道)에 따라 스물여덟 부분으로 나눈 것 중에 스물일곱 번째 별자리에 있는 별들.
* **선문**(先文) 중앙의 벼슬아치가 지방으로 출장갈 때, 그곳에 도착 날짜를 미리 알리던 공문.

마을의 경계 밖까지 나와 대접하여 행군에 차질이 없었다. 사명당은 여러 날 만에 동래에 이르렀는데, 동래 부사 송강이 말했다.

"대원수가 비록 중한 임무를 띠고 있으나 신분으로 치자면 일개 중인데, 내가 어찌 경계 밖까지 나가 대접하리오?"

그러고는 부하 관리만 보내어 맞이하게 했는데, 관리들이 송강의 눈치를 보느라 제대로 접대를 하지 않아 사명당의 군사들이 굶었다. 이를 안 사명당은 몹시 화를 내며 명령했다.

"송강을 잡아들여라."

군사들이 순식간에 송강을 잡아들이자 사명당이 크게 꾸짖었다.

"내가 비록 산속의 중이지만 임금의 명령을 받고 대원수가 되어 대군을 거느리고 여기까지 왔다. 그런데 너는 대체 어떤 놈이기에 나를 대접하지 않아 군사를 굶기느냐? 너의 죄를 군법에 따라 벌해야 하나, 만리타국으로 행군하는 길에 사람을 죽이는 것은 좋지 못한 일이니 한 번만 용서하겠다. 다시는 이런 잘못을 하지 말라."

그러자 송강이 부끄러워하며 물러갔다.

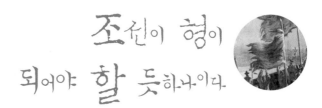

조선이 형이 되어야 할 듯하나이다

왜왕은 김응서와 강홍립이 죽자 아무런 거리낌 없이 다시 조선을 치려고 무기를 점검하고 군사를 훈련시키고 있었다. 그런데 그때 조선에서 온 편지를 받고 놀라서 급히 뜯어 보았다.

> 네가 군사를 일으켜 다시 조선을 침범하려는 것을 우리 임금님께서 아시고 일본으로 생불을 보내셨다. 너의 죄를 물은 후에 항복 문서를 받을 것이니, 만일 순종하지 않으면 목을 벨 것이다.

왜왕이 글을 다 읽고 난 후에 크게 웃으며 말했다.
"어찌 조선에 살아 있는 부처인 생불이 있단 말이냐? 이는 분명 우리를 혼란케 하려는 속임수일 것이다."

그러고는 신하들을 모아 대책을 논의하자 한 신하가 아뢰었다.

"스스로 생불이라 하니 시험해 볼 것이 있사옵니다. 이렇게 해 보소서."

왜왕은 신하의 말에 따라 급히 병풍 만 팔천 칸을 만들고 글을 지어 쓴 후에 사명당이 들어올 길 양쪽에 세워 놓았다. 사명당이 일본에 도착하자 왜왕은 사신을 보내 길을 재촉했다. 사신은 일부러 사명당의 말을 급히 몰아 순식간에 궁궐로 안내했다. 왜왕은 사명당과 예의를 갖추어 인사한 후에, 자리를 정하여 사명당을 앉히고 물었다.

"그대가 스스로 생불이라 하니 한 가지 묻고 싶은 것이 있소. 혹시 들어오는 길가에 있던 병풍에 쓰인 글을 보았는가?"

"말을 달리면서 대충 보았소."

"그러면 그 글의 내용이 무엇이었는지 기억하는가?"

사명당이 조금도 머뭇거림 없이 만 칠천구백구십구 칸에 쓰인 글을 모두 외웠다. 왜왕이 듣고 다시 물었다.

"어찌 한 칸은 외우지 않는가?"

"한 칸에는 쓰인 글이 없는데 무엇을 외우라는 것이오?"

왜왕이 괴상하게 여겨 사람을 보내 병풍을 조사해 보았다. 조사를 마치고 돌아온 신하가 정말로 한 칸이 바람에 접혀 있었다고 아뢰었다.

왜왕이 사명당의 신기한 재주에 놀라 신하들에게 말했다.

"저 사람은 생불이 분명하니, 이제 우리는 어찌하면 좋겠소?"

이때 한 신하가 나서며 아뢰었다.

"대궐 안에 승당이라는 연못이 있는데 물이 굉장히 깊습니다. 유리 방석을 만들어 승당에 띄워 놓고 사명당에게 앉아 보라고 하면 그가 진짜 생불인지 아닌지를 알 수 있을 것이옵니다."

왜왕이 이를 옳게 여겨 승당에 유리 방석을 띄우고, 사명당을 청하여 그 위에 앉으라 했다. 이에 사명당이 먼저 염주를 방석 위에 던지고 그 위에 사뿐히 올라앉았는데, 방석은 물에 잠기지 않고 바람을 따라 이리저리 떠다녔다. 왜왕과 신하들이 그 모습에 또 한 번 크게 놀랐다.

다시 한 신하가 왜왕에게 아뢰었다.

"전하는 근심하지 마소서! 사명당을 살려 두면 큰 화가 있을 것이옵니다. 소신이 한 가지 꾀를 생각해 냈습니다. 궁궐 안에 별당을 튼튼하게 짓되, 별당 밑에 무쇠를 까시옵소서. 그러고 나서 사명당을 별당에 들인 후에 사방의 문을 굳게 잠그고 밤낮으로 며칠간 아궁이에 불을 때옵소서. 아무리 생불이라고 하더라도 불에는 녹을 수밖에 없을 것이옵니다."

왜왕은 즉시 별당을 지으라는 명령을 내리는 동시에 사명당이 머물 집이라고 소문을 냈다. 곧 나라 안의 모든 장인이 모여 순식간에 삼십 칸이나 되는 별당을 지었다. 그리고 사명당이 별당 안으로 들어가자 밖에서 문을 잠그고, 아궁이에 불을 때기 시작했다. 불을 얼마나 세게 때었는지, 곁에서 화기를 쏘이면 사람이 기절할 정도였다.

사명당은 속으로 몹시 화를 내며 종이에 얼음 빙(氷) 자를 써서 두 손에 쥐고 별당에 엄숙하게 앉았다. 그러자 사방의 벽에 서리가 맺히고, 고드름이 자라났다. 하룻밤이 지나자 추위가 심해져 사명당은 손에 들고 있던 종이를 버렸다.

다음 날 왜왕은 사람을 보내 사명당이 죽었는지 살펴보았다. 신하가 별당에 가 보니 사명당이 불에 타 죽기는커녕 방 안에는 온통 고드름이 매달려 있었고, 차가운 기운이 밖에까지 새어 나오는 것이었다. 사명당이 천천히 안에서 문을 열더니 신하를 크게 꾸짖었다.

"일본이 덥다고 하더니 어찌 이렇게 추운 곳에 숙소를 정하여 잠을 이루지 못하게 하느냐! 너희 왕은 타국 사신을 이렇게 욕보이는구나."

신하가 놀라서 급히 돌아가 왜왕에게 이 사연을 아뢰었다. 왜왕이 이 말을 듣고 어찌할 줄 몰라 쩔쩔매고 있는데, 한 신하가 다시 아뢰었다.

"사정이 이렇게 되었으니 이번에는 무쇠로 말을 만들어 불에 달군 후에 사명당을 그 말에 태우소서. 생불이라 해도 감히 의심하지 못할 것이옵니다."

왜왕이 그 말을 듣고 생각했다.

'이미 두 가지 꾀를 내었으나 다 성공하지 못했으니, 이 꾀마저 성공하지 못하면 채신만 잃을 것이다.'

왜왕이 한참 생각하고도 결정을 못 내리자 여러 신하가 아뢰었다.

"수많은 꾀를 내도 성공하지 못할 듯하지만, 시험이라도 해 보소서!"

왜왕은 마지못해 허락했다. 그러고는 무쇠로 말 모형을 만들어 말이 빨갛게 달아오를 때까지 불로 달군 후에 사명당에게 타라고 청했다. 사명당은 수만 가지 술법을 행할 줄 알았지만, 일본의 잔꾀에 일일이 응하는 것도 답답하고 딱한 일이라 생각했다. 이에 마음을 정하고 소매에서 용왕의 편지를 꺼내 손에 쥐고 향산사를 향하여 두 번 절을 올렸다.

한편 서산대사는 사명당을 보내고 밤낮으로 걱정을 하고 있었다. 하

루는 밖에 나와 하늘의 기운을 살피다가 갑자기 상좌승을 불러 말했다.

"사명당이 급한 일이 생겼는지 나를 향해 두 번 절을 하는구나."

서산대사는 손톱에 물을 묻혀 동쪽을 향해 세 번 뿌렸다. 그러자 갑자기 세 가지 색깔의 구름이 사방에서 일어나더니, 사해용왕이 바람을 끼고 구름을 끌며 나타나 일본으로 화살같이 날아갔다.

이윽고 천지가 아득해지더니, 번개가 치고 우레가 울며 큰비가 내려 일본 땅은 바다처럼 되었다. 비에 쓸려 죽는 백성이 이루 헤아릴 수 없을 정도였다. 왜왕과 신하들은 피할 곳이 없어 서로 붙들고 탄식하며 살길을 찾으려 했다. 그러나 물은 점점 불어나 일본이 물에 잠길 지경이 되었다. 사명당은 조화를 부려 공중으로 솟아올라가 구름 위에 앉았는데, 그 모양이 마치 한 떼의 구름이 머무르는 듯했다. 사명당이 큰 소리로 왜왕을 꾸짖었다.

"왜왕이 하늘의 뜻도 모르고 우리 조선을 가볍게 여겨 침범하려고 하니, 그 죄를 용서할 수 없도다. 임진년 이후로 전쟁 통에 죽은 조선 백성의 수가 셀 수 없을 정도이다. 이에 우리 조선은 왜왕을 베고 왜적을 없애기를 밤낮으로 빌어 왔으니, 왜왕은 이제 빨리 머리를 바쳐라!"

왜왕은 두려워 떨면서 공중을 우러러보며 애걸했다.

"제가 어리석고 지혜가 없어 생불인 줄 모르고 여러 번 희롱했습니다. 죄를 용서하여 목숨을 살려 주시면 항복 문서를 올리겠나이다."

"내가 비록 임금의 명령으로 왔으나 본디 마음은 모질지 못하다. 그대의 죄를 용서하리니, 어서 항복 문서를 올려라."

왜왕이 사명당의 말을 듣고 기뻐하면서도 한편으로는 의심하면서 항복 문서를 써 올렸다. 사명당은 이를 받아 읽다가 글에 성의가 없는 것을 보고 다시 명령을 내렸다.

"항복 문서는 그만두고 왜왕의 보배를 바쳐라."

그러고 나서 다시 용왕의 편지를 쥐고 향산사를 향하여 네 번 절을 하자, 갑자기 날이 맑아지며 물이 빠졌다. 사명당은 공중에서 내려와 보배를 바치라고 재촉했다. 왜왕이 대답했다.

"무슨 보배를 바치라는 것이오?"

"구태여 재물을 갖고 싶어서가 아니다. 내 그대의 죄를 용서했는데, 항복 문서 내용에 성의가 없으니 그 문서를 무엇에 쓰겠느냐? 대신 그대 머리를 바쳐라!"

"내 머리를 드리면 수천 년 이어져 내려온 이 나라가 망할 것입니다. 항복 문서를 다시 써서 보배와 함께 올리겠나이다."

"남의 보배를 무엇에 쓰겠느냐? 어서 항복 문서나 다시 써서 올려라!"

왜왕은 항복 문서를 써서 올리고 나서 말했다.

"조선과 일본이 강화를 맺고 형제의 나라가 되는 것이 어떠하오?"

"그러면 어느 나라가 형이 되겠는가?"

"조선이 형이 되어야 할 듯하나이다."

"그러면 해마다 무엇을 바치려 하는가?"

"소박한 보배를 일 년에 한 번씩 바치겠나이다."

● **상좌승(上座僧)** 계급이 높아 윗자리에 앉는 중.

195

"조선에도 보배는 다 있으나, 다만 귀한 것이 사람의 가죽이다. 북을 만드는 데는 사람 가죽이 아니면 쓸 수가 없으니 매년 사람 가죽을 삼백 장씩 바쳐라!"

"생불님 말씀대로 하면 삼 년 안에 일본이 다 망할 것이오니 다른 처분을 내려 주소서."

"정 그렇다면 그대가 없어도 그대 자손들이 나라를 이어 갈 것이니, 그대 머리를 바쳐라."

"내가 죽어서 망하나 사람의 가죽을 바쳐서 망하나 일본이 망하기는 마찬가지니, 부디 생불님 덕택으로 두 나라가 함께 평안하게 하소서."

왜왕은 슬픈 표정을 짓고 간절히 빌었다. 사명당은 왜왕을 바라보며 잠시 조롱하다가 말했다.

"그러면 사람의 가죽 대신에 사람 삼백 명씩 조선에 보내어 국경을 지키게 하되 일 년에 한 번씩 교대하게 하라."

왜왕은 이 명령을 받들겠다고 굳게 약속했다. 사명당은 모든 일이 잘 해결됐다고 여겨 조선으로 돌아가려는데, 왜왕이 말렸다.

"두 나라가 강화했으니 이제는 서로 허물없는 사이가 되었습니다. 일본에 좀 더 머물면서 좋은 경치를 구경하고 가소서."

"또 나를 희롱하려는 것이냐?"

"어찌 그런 불미스러운 일이 있겠사옵니까?"

"일본 사람의 마음은 헤아리기 어렵지만 경치는 구경하고 가리라."

왜왕은 사명당을 금으로 만든 가마에 앉히고 여러 곳으로 인도하여 좋은 경치를 구경하게 했다. 사명당이 가는 곳마다 각 고을의 수령이 구름과 같이 모여들었고, 구경하는 사람이 산과 들을 덮을 지경이었다. 사명당이 여기저기 경치를 구경하며 열 달을 더 일본에서 지내고 나서, 이만 돌아가겠다고 하자 왜왕이 말했다.

"생불님이 이렇게 누추한 곳에 오셔서 힘든 일을 많이 겪으시니, 황송하고 부끄럽기 짝이 없습니다."

왜왕은 수레에 갖가지 색깔의 비단과 보배를 가득 실어 사명당에게 전했지만, 사명당은 이를 거절하며 말했다.

"보배는 쓸데없으니 조선 포로 천여 명을 데려가겠노라."

왜왕은 즉시 분부해 조선 포로들을 모았다. 사명당이 백성들을 배에 태우고 조선으로 향하자 왜왕이 백 리 밖까지 나와 전송했다.

한편 사명당은 배가 출발하기 전에 포로로 잡혔던 사람들에게 말했다.

"너희 중에 조선으로 돌아가기 싫은 사람은 다른 배로 옮겨 타라."

말을 마치고 수를 헤아려 보니 일본에 머물기를 원하는 사람이 반이나 되었다. 사명당은 모든 것이 덧없다는 생각을 하면서 그들을 다른 배로 옮겨 돌아가게 했다.

사명당은 남은 백성들을 데리고 출발해 여러 날 만에 부산 동래에 다다랐다. 그런데 동래 부사 송강이 또다시 아프다는 핑계를 대며 사명당을 맞이하지 않았다. 사명당은 몹시 화가 나서 부하 군졸에게 호령하여 부사를 잡아 와서 크게 꾸짖었다.

"내가 일본으로 들어갈 때 너의 불손한 행동에 대해 주의만 주고 넘어갔다. 이제 일본에서 돌아왔는데도 너는 어찌하여 그 방자함과 교만함을 고치지 않고 병을 핑계로 나를 맞이하지 않는단 말이냐! 내가 오늘 너를 죽여 다른 사람에게 본이 되게 하리라!"
　　그러고는 큰 칼과 도끼를 든 무사에게 명령을 내려 송강의 목을 베고 그 사연을 적어 조정에 장계를 올렸다.

　　소신이 일본에 들어가 왜왕에게서 항복 문서를 받았습니다. 또 일본과 형제의 나라가 되기로 하고, 포로로 잡혀갔던 백성들을 데리고 무사히 바다를 건너왔습니다. 처음 일본으로 갈 때 동래 부사 송강의 행동이 게으르고 오만 방자 하여 군졸들을 굶주리게 했습니다. 군법으로 다스리려다 행군의 시작에 불길할 것 같아 주의만 주었는데, 소신이 돌아오는 길에도 병을 핑계로 맞이하지 않았습니다. 이에 부득이 먼저 송강의 목을 베고 이처럼 장계를 올리오니 소신 마음대로 전하의 신하를 죽인 죄를 용서하옵소서.

선조 임금이 이를 보고 사명당에게 명령을 내렸다.

"사명당은 급히 한양으로 오라!"

사명당은 임금의 명령을 받고 즉시 행군하여 여러 날 만에 한양에 도착했다. 그는 대궐에 들어가 선조 임금에게 절을 올린 후 그간의 사연을 낱낱이 아뢰었다. 선조 임금은 매우 기뻐하면서 많은 금은과 비단을 상으로 내렸지만, 사명당은 모두 사양했다. 그러고는 임금에게 하직 인사를 한 후 간데없이 사라졌다. 이를 본 선조 임금과 조정의 신하들은 모두 기이하게 여겼다.

이후로 조선은 나라 안팎이 모두 태평하여 다시 큰 난리가 없었다.

조선 백성의 마음속에 기록된 전쟁

《임진록》 역시 《춘향전》이나 《심청전》에 뒤지지 않을 만큼 다양한 판본이 전해지고 있습니다. 조선 전체를 참혹하게 휩쓸었던 임진왜란은 마을마다 수많은 전쟁 이야기를 남겼는데, 이 이야기들은 여러 사람의 입을 통해 조금씩 변형되면서 전해졌지요. 그 후 이야기가 문자로 기록되면서 《임진록》의 판본은 무려 70여 종에 이르게 됩니다. 이처럼 다양한 내용으로 펼쳐지는 이본의 세계로 들어가 봅시다.

《임진록》, 국립진주박물관 소장.

이본과 함께 탄생한 민족 의식

전쟁이 끝난 뒤 조선 백성은 전국에서 일어난 전쟁 이야기를 듣거나 전하면서, 전쟁을 극복한 이야기를 공유했습니다. 이러한 이야기들은 백성의 시야를 넓혀 주었고, 일본과 중국에 대한 적대감은 강한 공동체 의식을 심어 주었습니다. 기생과 승려 등 소외된 사람들의 놀라운 활약상은 무능력한 양반 지배층에 대한 비판 의식을 불러일으켰으며 백성이 스스로 나라를 구했다는 자부심을 심어 주었습니다.

일본에도 《임진록》이?

임진왜란이 끝난 후 일본에서도 전쟁 이야기를 담은 책이 쏟아져 나왔습니다. 종군 승려들의 일기와 다이묘의 일생을 다룬 전기 작품이 많았는데 《태합기》와 《조선정벌기》, 《흑전가보(黑田家譜)》, 《청정기》 등이 유명합니다. 특히 1659년에 나온 호리 교안의 《조선정벌기》는 인기가 많았는데, 제목의 뜻은 '조선을 복속시키기 위한 정의로운 작전의 기록'이지요. 이 책은 일본의 젊은 장수들의 활약과 도요토미 히데요시의 야망을 그리고 있습니다.

《임진록》의 다양한 이본

소설의 시작 부분에 따라

일본의 지리적 위치와 유래, 도요토미 히데요시의 탄생과 성장 과정으로 시작되는 이야기
• 경판본

관운장이 선조의 꿈에 나타나 왜란이 일어날 것을 알리며 시작되는 이야기
• 권영철본

허구적 인물인 최일영의 탄생과 성장 과정으로 시작되는 이야기
• 국립도서관 한글본

이순신의 탄생과 주요 행적으로 시작되는 이야기
• 한국학중앙연구원 소장본

기생 이야기에 따라

김응서가 이름 없는 기생의 도움으로 왜장을 죽이는 이야기
• 경판본

김응서가 기생 월선의 도움으로 왜장을 죽인 후 기생도 베어 버린 이야기
• 국립도서관 한글본

기생 월선이 김응서를 도와 왜장을 죽이고 자결하는 이야기
• 고려대 소장본

기생 화월이 김덕령을 도와 왜장을 죽이고 자결하는 이야기
• 권영철본

이순신의 최후 장면에 따라

이순신이 왜장에게 패하여 죽임을 당하는 이야기
• 국립도서관 한글본

이순신의 자살로 끝나는 이야기
• 국립도서관 한문본

이순신의 전사로 끝나는 이야기
• 경판본

이여송 이야기에 따라

이여송이 영웅이 되어 환송받으며 귀국하는 이야기
• 박순호본

원래 조선 사람인 이여송에게 족보를 찾아 주는 이야기
• 서울대 소장본

조선에 영웅이 많은 것을 시기한 이여송이 악행을 저지르다 추방당하는 이야기
• 권영철본

깊이 읽기
국가의 위기를 극복한 영웅들의 파노라마

◉ 문학적 상상력으로 극복한 전쟁의 비극

《임진록》은 임진왜란을 배경으로 한 소설입니다. 하지만 실제 있었던 역사적 사실을 그대로 써 나간다면 소설로서의 의미와 읽는 재미가 없겠지요? 이 소설은 임진왜란이라는 역사적 사건을 바탕으로 하면서 허구적 상상으로 만든 사건과 인물을 등장시켜 재미를 더하고 있습니다.

임진왜란은 1592년부터 1598년까지 두 차례에 걸친 일본의 조선 침략으로 일어난 전쟁입니다. 1592년이 임진년이기 때문에 이 전쟁을 임진왜란이라고 하는 것이지요. 그리고 1597년, 즉 정유년에 일본은 2차로 조선을 침략합니다. 이를 정유재란이라고 하는데, 보통 임진왜란이라고 하면 이 둘을 다 일컫습니다.

임진왜란으로 인해 조선은 엄청난 피해를 입었습니다. 선조 임금은 궁궐을 버린 채 피란을 했고, 수많은 사람이 죽거나 집을 잃고 떠돌아다녔으며 포로가 되어 일본으로 잡혀가기도 했습니다. 전국의 문화재가 불에 타 없어진 것은 물론이지요. 또한 임진왜란은 중국에서 명나라가 망하고 청나라가 들어서는 계기가 되기도 했습니다. 침략국인 일본도 예외는 아니었습니다. 임진왜란 이후 일본에서는 풍신수길(도요토미 히데요시) 정권이 막을 내리고 덕천가강(도쿠가와 이에야스)이 새로운 지배자로 등장했습니다. 결국 임진왜란은 16세기 말에 있었던 동아시아 전쟁이었던 셈입니다.

임진왜란이 우리 민족에게 가져다준 울분과 굴욕감은 이루 말할 수 없습니다. 이로 인해 우리 민족이 받은 상처와 피폐하고 참혹했던 현실을 소설 속에서 통쾌한 승리로 바꾸어 놓은 것이 바로 《임진록》입니다. 일본의 침략으로 당했던 수모를 소설을 통해 서나마 정신적으로 보상 받고 싶었던 선조들의 마음을 엿볼 수 있지요.

《임진록》은 일반적인 고전 소설과는 달리 이야기가 특정 인물의 생애를 중심으로

206

전개되지 않습니다. 이본에 따라 강조된 인물이 다르기는 해도 임진왜란 중에 활약한 많은 영웅의 활약상이 파노라마처럼 펼쳐지는 소설입니다. 이순신, 사명당, 곽재우, 김덕령, 김응서, 강홍립 등 임진왜란 당시 우리 민족의 영웅이었던 인물들의 일화와 전쟁에서의 활약상이 때로는 사실 그대로, 때로는 상상력을 통해 과장되거나 변형되어 그려져 있지요. 이는 전쟁에서의 승리가 영웅 한두 명의 업적으로 이루어진 것이 아니라, 전국 곳곳의 수많은 의병장과 민중의 힘을 바탕으로 이루어진 것임을 보여 주고 있습니다.

임진왜란 때 민중의 체험과 장수들의 활약상은 구전되거나 문인들에 의해 기록으로 남겨졌는데, 그러면서 내용에 허구적 요소가 가미되기도 했습니다. 이러한 과정을 거치면서 수많은 《임진록》이 생겨났습니다. 다채로운 모습으로 현재 우리에게 전해지고 있는 《임진록》의 이본을 헤아려 보면 약 70여 종에 이릅니다. 표기 방법에 따라 한문으로 쓰인 것과 한글로 쓰인 것으로 나누는가 하면, 내용에 따라 역사적 사실에 충실한 것과 허구적 성격이 강한 것 등으로 나누기도 합니다.

우리가 함께 읽어 본 《임진록》은 경판본을 바탕으로 하고, 한남대학교 소장본(구 숭전대본)의 내용을 조금씩 덧붙인 것입니다. 두 이본 모두 역사적 사실에 허구적 상상력을 더한 작품으로, 현재 전하는 《임진록》 이본 가운데 내용이 가장 풍부합니다.

● 역사적 사실과 허구적 상상력의 절묘한 짜임

고전 소설 가운데 역사적 인물이나 사건이 허구적 상상력과 절묘하게 어우러진 소설을 역사 소설이라고 부릅니다. 대표적인 역사 소설이라고 할 수 있는 《임진록》은 임진왜란 중에 활약했던 인물들을 순차적으로 등장시켜 사건을 만들어 가고 있습니다. 이 등장인물들은 대부분 역사적으로 존재한 실제 인물이지만, 이들의 활약상은 역사적 사실을 그대로 옮겨 놓은 것이 있는가 하면 상상으로 꾸며 낸 이야기도 있고, 이 둘을 적절하게 섞은 것도 있습니다. 이렇게 일부러 꾸며 내어 덧붙인 이야기의 숨은 뜻을 헤아리는 것이 바로 이 소설을 이해하는 지름길이기도 합니다.

그러면 몇몇 주요 등장인물을 중심으로 소설 속에서 역사적 사실과 허구적 상상력이 어떻게 조화를 이루고 있는지 알아봅시다.

먼저 비극적 영웅 김덕령을 살펴볼까요? 역사 속의 김덕령은 국가에 대한 충성과 부모에 대한 효성 가운데 무엇이 우선인지를 놓고 갈등하다가 의병을 일으킨 인물입니다. 그는 권율 장군으로부터 초승 장군이라는 칭호를 받고, 조정으로부터는 충용 장군이라는 칭호를 받은 의로운 인물로 알려졌습니다. 따르는 무리도 많아서 조정의 기대를 한 몸에 받으며, 의병장 곽재우와 협력하여 여러 차례 왜적을 격파했습니다.

그러던 중 명나라가 일본과 강화 협상을 시작했고, 조정에서는 전투 중지령을 내렸습니다. 왜적을 눈앞에 두고도 싸우지 못하자 김덕령은 울분으로 괴로워했습니다. 군사들의 사기도 떨어지고 군대의 기강도 해이해졌는데, 김덕령은 이를 바로잡기 위해 엄하게 군사를 다스리던 중 조정 대신이었던 윤근수의 노비를 잡아 처형했습니다. 이에 살인죄로 체포되었다가 왕의 명령으로 겨우 풀려난 후에 다시 의병을 모집하여 왜적과 싸웠지만 승리를 거두지 못했지요.

이때부터 김덕령의 명성에 금이 가기 시작했는데, 때마침 충청도에서 이몽학이라는 사람이 반란을 일으켰습니다. 김덕령은 반란군을 토벌하러 가다가 반란군이 이미 관군에 의해 진압되었다는 소식을 듣고 도중에 돌아옵니다. 그러나 이로 인해 김덕령은 이몽학과 내통했다는 모함을 받아 체포되어, 혹독한 고문을 이기지 못하고 마침내 옥중에서 숨을 거두고 말았습니다.

한편 소설 속 김덕령은 아버지의 상을 치르던 중에 왜적의 침입 사실을 알게 됩니다. 전쟁터에 나가려는 것을 어머니가 만류하자 잠깐 왜적만 구경하고 오겠다고 속이고 출전을 합니다. 그러고는 왜적의 진에 들어가 그들을 혼내 주어 스스로 군사를 거두어 달아나게 하지만, 오히려 왜적의 진중에 출입했다는 이유로 왜적과 내통했다는 모함을 받아 잡혀갑니다. 김덕령은 임금 앞에서 억울함을 호소하다가 곤장을 맞지만 죽지 않고, '만고충신 김덕령'이라는 글귀로 현판을 새겨 주면 죽겠다고 말합니다. 임금이 이를 허락하고 현판을 새겨 주자 김덕령은 그때서야 숨을 거둡니다.

짧은 이야기이지만 여기에 숨은 뜻은 가볍지 않습니다. 김덕령이 모함을 받아 억울하게 죽는다는 내용은 소설과 역사의 기록이 거의 같지만, 김덕령이 죽음에 이르는 과정은 다릅니다. 소설 속에서 김덕령은 '만고충신'이라는 칭호를 내려 달라고 요청합니다. 임금은 오로지 김덕령을 죽여야 한다는 생각에 김덕령의 요청을 들어주는데, 여기서 임금은 자기모순에 빠지고 맙니다. 스스로 충신이라고 인정한 김덕령을 자신의 손으로 죽인 셈이 되었지요. 즉 김덕령은 억울하게 죽은 충신이 되었고 임금은 충신을 죽인 어리석은 임금이 된 것입니다. 실제로 큰 활약을 하고도 억울한 죽음을 당한 김덕령을 안타까워한 민중은 소설을 통해 지배 계층의 횡포와 비리를 드러내고, 김덕령을 비극적 영웅으로 만들었습니다.

김응서와 강홍립 이야기도 사람들이 꾸며 내어 덧붙인 이야기입니다. 역사 속에서 실제로 명나라가 후금(청나라)을 치려고 조선에 군사를 요청했을 때, 김응서와 강홍립은 군사를 이끌고 명나라에 갑니다. 그러나 이들은 패배하여 후금에 항복하고, 강홍립은 나중에 후금의 장수가 되어 조선을 공격하러 오지요. 그러나 김응서는 포로가 되어서도 몰래 오랑캐의 사정을 일기에 써서 조선으로 보내려다가 강홍립에게 들켜 죽고 맙니다.

《임진록》은 이를 두 인물이 일본을 원정하는 이야기로 바꾸어, 일본에 대한 복수심을 표현하고 있지요. 역사적 사실이야 어찌 되었든 일반 민중은 강홍립을 오랑캐 나라에 항복한 의리 없는 인물로, 김응서는 끝까지 조선에 대한 충절을 지키다가 죽임을 당한 의로운 인물로 평가했는데, 이 평가는 소설 속에 그대로 나타납니다. 일본으로 떠나기 전에 김응서는 잠시 기다렸다가 출발하라는 하늘의 계시를 받는데, 이는 김응서가 충절이 뛰어난 사람이기 때문에 하늘도 도와줄 것이라고 믿었던 민중의 생각이 그대로 반영된 것입니다. 김응서는 일본에 가서 왜왕이 제안한 화친을 거부하고, 나라를 배신한 강홍립을 죽인 후에 스스로 죽음을 택하는 의로운 인물로 그려집니다. 반면에 강홍립은 독선을 부리다가 군사들을 죽게 한 무능력한 장수로, 왜장을 두려워하는 나약한 장수로, 왜왕의 화친에 응하는 변절자로서 결국 김응서에게 죽임을 당하는 것으로 그려집니다.

소설 마지막 부분에 등장하는 사명당도 역사 속 인물입니다. 사명당은 실제로 임진왜란이 일어나자 승려들을 중심으로 의병을 일으켜 왜적에 저항했습니다. 또한 왜장 가등청정(가토 기요마사)을 세 차례나 방문하여 화해의 담판을 했고, 60세 때는 임금의 편지를 가지고 일본으로 건너가 덕천가강을 만나서 강화를 맺고 임진왜란 때 잡혀갔던 포로 3천여 명을 데리고 귀국합니다.

소설 속의 사명당은 초인적인 능력을 발휘하여 왜왕의 항복을 받아 오는 인물로 그려져 있습니다. 사실 사명당이 일본에서 행한 일에 관해서는 알려진 것이 없습니다. 그 때문에 많은 사람이 상상력을 발휘하여 그를 영웅으로 만들었습니다. 소설 속의 사명당이 왜국에 들어가서 받게 되는 시험의 종류는 이본마다 조금씩 다르지만 대개 1만 8천 칸의 병풍에 쓴 시 외우기, 승당 연못에서 유리(구리) 방석 타고 앉기, 불에 달군 무쇠(구리) 방에 앉아서 견디기, 백목과 비단 방석 가려 앉기, 불에 달군 철마(구리 말, 무쇠 말) 타기 등입니다. 사명당은 초월적인 능력을 발휘하여 이 모든 시험을 통과해 왜왕에게 항복을 받고 돌아오지요. 이 이야기는 허구적 상상력에 바탕을 둔 것임에도 불구하고 거의 모든 이본에 등장하는 내용입니다. 사명당 이야기는 당시 이것을 읽는 사람들의 울분을 풀어 주고 소설을 통해서나마 승리를 맛보게 해 주었을 것입니다.

이렇듯 역사와 허구적 상상력이 절묘하게 어우러진 《임진록》은 당대 사람들의 심경을 잘 담아내고 있습니다.

● 전쟁의 참상을 외면한 영웅주의와 사대주의

전쟁은 수많은 사람에게 엄청난 고통을 줍니다. 임진왜란도 예외는 아니었습니다. 임진왜란의 참상을 겪은 사람들은 자신들의 체험을 기록으로 남겨 놓기도 했습니다. 거기에는 황폐한 국토의 모습, 곳곳에 널린 시체, 질병, 군량 조달로 인한 식량 부족과 사람들이 서로 잡아먹을 정도로 극심했던 굶주림, 가족 간의 생이별로 인한 고통, 피란민의 참상 등의 이야기를 전하고 있습니다. 하지만 이 소설은 전쟁을 통해 드러난 지배 계층의 모순은 어느 정도 담고 있지만 전쟁의 참상과 백성이 겪은 처절한 고통은 외면하고 있습니다. 이는 이 소설이 영웅 중심의 이야기이면서 또한 지배 계층의 시각에서 벗어나지 못한 이야기임을 잘 말해 줍니다.

예를 들어, 김응서가 평양 기생의 도움으로 왜장을 죽인 이야기에는 김응서의 공적만 드러날 뿐 기생에 대해서는 이름조차 나오지 않습니다. 다른 이본에는 계월향, 월선, 화월이라는 이름으로 등장하는 이 기생은 김응서가 왜장을 살해하는 데 결정적인 역할을 합니다. 만약 그녀의 도움이 없었다면 김응서는 왜장을 죽이지 못했을 것입니다. 그럼에도 불구하고 소설 속에 평양 기생의 이름이 구체적으로 등장하지 않는 것은 바로 이 소설이 영웅 중심 이야기이기 때문입니다.

김응서가 왜장 종일을 죽인 후, 기생은 김응서를 따라 나오려 하지만 결국 다른 왜적의 칼에 맞아 죽습니다. 김응서가 종일의 머리만 가지고 나오려 했던 이유는, 종일의 머리는 자신의 공을 보여 주는 증거였지만 기생은 자신의 생명을 위태롭게 할 수도 있었기 때문입니다. 심지어 《임진록》의 다른 이본에서는 김응서가 왜장을 죽이고 나서 기생의 목을 베기도 합니다. 그리고 김응서가 돌아왔을 때, 이원익도 김응서만 칭찬할 뿐 기생에 대해서는 전혀 언급하지 않습니다. 기생의 행위와 존재 가치가 전적으로 무시된 것이지요.

한편 《임진록》 속 영웅에 대해 이야기할 때 빼 놓을 수 없는 인물이 바로 이순신입니다. 소설 속에 그려진 이순신의 정의로운 행동과 희생, 왜란에 대비하고 왜적을 물리치는 모습, 원균의 모함으로 위기에 빠지지만 이를 극복하고 다시 일어서는 모습, 목숨을 바친 전투와 최후의 승리 등은 영웅의 전형적인 면모라고 할 수 있습니다. 물론 실제로도 그는 위대하고 자랑스러운 민족의 영웅입니다. 그러나 대부분의 《임진록》은 마치 '이순신전'을 읽는 듯한 느낌이 들 정도로 그를 절체절명의 위기에 놓인 나라를 구한 민족의 영웅으로 그리고 있습니다.

명나라 장수 이여송도 영웅화되어 있습니다. 이여송을 영웅화한 이면에는 사대주의 시각이 자리 잡고 있습니다. 명나라 황제는 조선에 구원병 보내는 일을 미루기만 하다가, 관우의 꿈을 꾸고 나서야 이여송을 조선으로 보냅니다. 이여송의 출정 장면은 다음과 같이 나타나 있습니다.

> 이여송이 황제에게 하직한 후 대군을 거느리고 조선으로 향하는데, 깃발들은 하늘을 가렸고 일제히 울리는 북과 징 소리는 산을 움직일 듯했으며 군대 행렬은 수십 리에 이어졌다. 사람은 마치 천신 같고, 말은 마치 비룡 같았다. 대군은 당당히 행군해 연경을 지나 봉황성에 이르렀다.

이여송이 이끄는 구원병은 매우 뛰어난 능력을 지닌 집단으로 묘사되고 있습니다. 하지만 이여송은 조선에서 별다른 활약을 펼치지 못했을 뿐만 아니라, 선조 임금의 얼굴에 왕의 기상이 없다고 말하며 임금이 아닌 사람을 임금이라고 내세워 자신을 속였다고 화를 냅니다. 심지어 명나라로 돌아가겠다고 말해, 선조 임금이 크게 통곡하며 겨우 이여송과 명나라 군사를 도성에 머물게 합니다. 임금의 얼굴에 왕의 기상이 없다고 한 것은 왕의 권위를 부정하고 조선에 모멸과 치욕을 준 행동이었습니다.

조선은 명나라 군대가 조선을 전란에서 벗어나게 해 줄 수 있는 희망이라고 믿었습니다. 그러나 시간이 지나면서 이 생각은 조금씩 변했습니다. 역사 기록물에는 명나라 군사들이 조선 사람의 재산을 약탈하고, 지방 관원에게 횡포를 부리며, 백성을 때려 중상을 입히는 등 온갖 악행을 일삼았다고 기록되어 있습니다. 이러한 횡포는 명나라에 대한 인식을 부정적으로 바꾸어 놓았습니다. 그리고 시간이 흐를수록 명나라 군사들에 대한 조선 사람들의 분노와 적대감은 점점 커졌습니다. 하지만 명나라와의 관계를 유지하기 위해서는 이를 겉으로 드러내 보일 수가 없었지요. 소설 속에서 선조 임금과 이여송이 펼치는 '대결'은 이러한 적대감과 부정적 인식을 간접적으로 드러낸 것이라고 할 수 있습니다.

왜적을 물리치고 잔치를 벌인 자리에서 이여송이 선조 임금에게 계수나무 벌레를 먹으라고 권하는데, 선조 임금은 처음 보는 그 벌레의 생김새가 징그러워 먹지 못합니다. 1차 대결에서는 선조 임금이 패배한 것이지요. 이때 이항복이 산낙지를 구해 오자 선조 임금은 이여송에게 이를 권합니다. 2차 대결인 셈인데, 이여송은 산낙지를 먹지 못해 선조 임금이 승리합니다.

여기에서 잠시 주목할 인물은 바로 이항복입니다. 이항복은 번득이는 기지를 발휘하여 결국 선조 임금이 승리하게 합니다. 그뿐만 아니라 다른 장면에서도 엿보이는 이항복의 신속하고도 기지 넘치는 행동은 명나라에 대한 민족적 대응 의지와 무능한 왕에 대한 비판적 시각을 보여 줍니다.

이여송의 부정적인 면모는 이후 전투 과정에서도 드러납니다. 이여송은 이미 왜적이 도망가서 비어 있는 평양성을 손쉽게 되찾습니다. 그러나 왜적을 추격하여 물리칠 생각을 하지 않을 뿐만 아니라 이후의 전투에서도 아주 소극적인 태도를 보입니다.

그럼에도 불구하고 《임진록》은 여전히 이여송 개인의 비범한 면모를 그려 내어 영웅화하고 있습니다. 특히 왜장이 보낸 자객을 맞아 싸우는 장면에서 이여송은 신비한 능력을 갖춘 영웅으로 그려지는데, 이는 정치 현실의 한계 때문입니다. 임진왜란 이전부터 조선 사회에는 대국인 명나라를 섬겨야 한다는 의식이 강하게 있었습니다. 더구나 임진왜란 후에는 '명나라는 은혜의 나라'라는 생각이 널리 퍼져 있었습니다. 그렇기 때문에 전쟁 당시 명나라 군대가 저지른 악행에도 불구하고 명나라를 나쁘게 평가할 수 없었던 것이지요. 사대주의적 시각이 명나라를 부정할 수 없게 하고 여전히 이여송을 '영웅'으로 만들고 있는 것입니다. 선조 임금이 한양으로 돌아온 후에 이여송의 공로를 칭찬하고 잔치를 베푸는 장면이나, 이여송과 함께 명나라 황제가 있는 북쪽을 향하여 네 번 절하면서 감사의 인사를 올리는 장면도 명나라에 대한 뿌리 깊은 사대주의를 잘 보여 주고 있습니다.

한편 왜적인 평수길의 성장 과정을 자세히 서술하고 비범한 모습들을 드러내는 등 굳이 그의 영웅적인 면모를 그려 낸 부분도 영웅 중심으로 이야기를 엮어 간 이 소설의 특징을 잘 보여 준다고 할 수 있습니다.

우리는 소설 속의 수많은 영웅이 펼치는 활약상에 박수를 치고 찬사를 보내며 통쾌해 합니다. 그러나 이야기의 보이지 않는 이면에는 전쟁으로 인해 엄청난 고난을 겪은 민중의 삶이 있었다는 것을 기억해야 합니다.

《임진록》의 주제를 '분노(憤怒)와 자성(自省)'이라는 말로 요약하기도 합니다. 이 소설을 통해서 왜적의 침략 앞에 힘없이 무너져 가는 조선의 현실에 대한 분노와 반성을 읽어 낼 수 있다는 뜻입니다. 여러분은 이 소설을 읽고 어떤 생각을 했나요? 소설을 통해서나마 위로받고 싶었던 사람들의 고통을 헤아리며 《임진록》을 읽다 보면, 전쟁의 참모습이 어떤 것인지 마음으로 느낄 수 있을 것입니다.

함께 읽기

전쟁의 비극에 휘말린다면?

● 강홍립, 김덕령, 김응서, 곽재우, 사명당, 송강, 원균, 이순신, 정문부 등 《임진록》
에 나오는 등장인물의 행적을 간략하게 이야기해 봅시다.

● 이순신은 누구나 다 아는 조선 최고의 영웅입니다. 《임진록》에 등장하는 인물들 가
운데 이순신 외에 여러분이 진정으로 영웅이라고 생각하는 인물은 누구인지 이야기
해 봅시다.

● 평수길은 조선을 침략한 왜적의 최고 우두머리입니다. 그럼에도 불구하고 《임진록》 앞부분에 평수길을 영웅화한 대목이 등장하는 이유는 무엇인지 이야기해 봅시다.

● 《임진록》에는 선조 임금이 평양에서 의주로 피란을 가려 하자, 백성들이 길을 막고 난동을 피우는 내용이 나옵니다. 그 부분을 다시 한 번 읽어 보고, 백성들이 왜 그런 행동을 했을지 생각해 봅시다.

● 평안도 고을의 아전 국경인과 갑산 좌수 주이남은 왕자들과 한극함, 이혼 등을 포로로 잡거나 죽여 왜적에게 넘겼습니다. 이들은 나라가 위급하고 어려운 때에 왜 이러한 배신을 했을까요? 친구들과 함께 이야기해 봅시다.

● 《임진록》에는 명나라 황제의 꿈과 싸움터에 나타난 관운장, 그리고 김응서와 강홍립이 일본에 출정 나갈 때 나타난 귀신 등과 같이 비현실적인 인물이 나타나 도움을 주는 장면이 종종 있습니다. 이야기 속에 이런 인물들이 등장하는 이유는 무엇인지 이야기해 봅시다.

● 《임진록》은 역사적 사실과 허구적 상상이 어우러진 소설입니다. 당시 사람들은 임진왜란으로 인해 우리 민족이 받은 상처와 피폐하고 참혹했던 현실을 소설 속에서 통쾌한 승리로 바꾸어 놓았습니다. 소설을 통해서나마 정신적으로 보상 받고 싶었던 선조들의 마음을 엿볼 수 있지요. 임진왜란 외에 잘 알고 있는 역사적 사건을 하나 골라, 각자의 의도대로 이야기의 줄거리를 바꾸어 써 봅시다.

● 지금도 세계 곳곳에서는 전쟁이 일어나고 있습니다. 세계 각국에서 벌어지고 있는 분쟁과 전쟁을 조사해 보고 전쟁으로 인한 여러 가지 비극에 대해 이야기해 봅시다.

참고 문헌

남경태, 《인간의 역사를 바꾼 전쟁이야기》, 풀빛, 1998.

송복, 《서애 류성룡 위대한 만남》, 지식마당, 2007.

이덕일, 《유성룡−설득과 통합의 리더》, 역사의아침, 2007.

이덕일·이희근, 《우리 역사의 수수께끼 2》, 김영사, 1999.

이수광, 《조선을 뒤흔든 16가지 연애사건》, 다산초당, 2007.

이이화, 《이이화의 한국사 이야기 11−조선과 일본의 7년전쟁》, 한길사, 2000.

장경남, 《임진왜란의 문학적 형상화》, 아세아문화사, 2000.

장학근, 《조선, 평화를 짝사랑하다》, 플래닛미디어, 2008.

정두희·이경순 엮음, 서강대학교 국제한국학센터 기획, 《임진왜란, 동아시아 삼국전쟁》, 휴머니스트, 2007.

최형국, 《친절한 조선사》, 미루나무, 2007.

도움 주신 분들

고화정(영등포여자고등학교)

왕지윤(경인여자고등학교)

임종수(성보고등학교)

조현종(태릉고등학교)

국어시간에 고전읽기 15

임진록, 조선의 영웅들 천하에 당할 자 없으니

기획 | 전국국어교사모임
글 | 장경남
그림 | 이경국 · 김성삼

1판 1쇄 발행일 2008년 10월 20일
개정판 1쇄 발행일 2014년 4월 7일
개정판 5쇄 발행일 2020년 1월 20일

발행인 | 김학원
편집주간 | 김민기 황서현
기획 | 문성환 김보희 김나윤 전두현 최인영 김소정 김주원 이문경 임재희 하빛 이화령
디자인 | 김태형 유주현 구현석 박인규 한예슬
마케팅 | 김창규 김한밀 윤민영 김규빈 김수아 송희진
저자 · 독자 서비스 | 조다영 윤경희 이현주 이령은(humanist@humanistbooks.com)
스캔 · 출력 | 이희수 com.
용지 | 화인페이퍼
인쇄 | 청아디앤피
제본 | 정민문화사

발행처 | (주)휴머니스트 출판그룹
출판등록 | 제313-2007-000007호(2007년 1월 5일)
주소 | (03991) 서울시 마포구 동교로23길 76(연남동)
전화 | 02-335-4422 팩스 | 02-334-3427
홈페이지 | www.humanistbooks.com

ⓒ 장경남 · 이경국 · 김성삼, 2014

ISBN 978-89-5862-693-0 44810

만든 사람들

편집주간 | 황서현
기획 | 문성환(msh2001@humanistbooks.com)
편집 | 이영란
표지 디자인 | 김태형 유주현
본문 디자인 | 림어소시에이션